LA FIRMA DE DIOS

JOSÉ ANTONIO PÉREZ LEDO

LA FIRMA DE DIOS

PLAZA JANÉS

Papel certificado por el Forest Stewardship Council®

MIXTO
Papel procedente de
fuentes responsables
FSC® C117695

Penguin
Random House
Grupo Editorial

Primera edición: septiembre de 2023

© 2023, José Antonio Pérez Ledo
© 2023, Penguin Random House Grupo Editorial, S. A. U.
Travessera de Gràcia, 47-49. 08021 Barcelona

Printed in Spain – Impreso en España

ISBN: 978-84-01-03295-0
Depósito legal: B-12042-2023

Compuesto en Mirakel Studio, S. L. U.

Impreso en Black Print CPI Ibérica
Sant Andreu de la Barca (Barcelona)

L032950

Antes de nada

El confinamiento nos afectó a todos. Hubo quien descubrió nuevas pasiones, quien sucumbió al terror y quien lo hizo a la melancolía, quien recuperó relaciones y quien las perdió. Mi hijo aprendió a andar dando vueltas por la casa, de la cocina al salón y vuelta a la cocina.

La firma de Dios nació en aquellos meses de enclaustramiento y rutinas en bucle. Mientras reviso el material descubro las primeras notas que tomé:

«¿Y si un día fuésemos capaces de leer en la naturaleza el manual de instrucciones de Dios? ¿Y si encontrásemos su firma?».

En ese documento, de apenas dos folios, hay otras preguntas. Hay, de hecho, más preguntas que afirmaciones:

«¿De dónde venimos? ¿Fuimos creados o somos producto de la evolución? ¿Es eso antagónico? ¿Puede la evolución ser un proceso impulsado por una entidad creadora? ¿Es realmente incompatible la existencia de una voluntad creadora con los descubrimientos científicos que, poco a poco, van explicando una parte cada vez mayor de la realidad?».

Como se ve, a mí también me afectó el confinamiento.

Durante aquellos días apilados me dio por leer, releer u hojear libros como *La rama dorada*, *La biblia desenterrada*, *Gödel, Escher y Bach: un eterno y grácil bucle*, *Sapiens*, *El antropólogo inocente* o *El libro de la ley* de Aleister Crowley. Semejante amalgama, combinada con curvas de contagios, datos de mortalidad y la prolongada carencia de luz natural dio como resultado un bosquejo de historia, digamos, peculiar.

Carecía de protagonista. Antagonista sí tenía, pero no se sabía quién o qué era. Ni siquiera estaba claro si se trataba de uno o de varios. Conflicto también había, pero era más o menos abstracto y, por si fuera poco, se prolongaba a lo largo de diecisiete años. La historia contendría reflexiones científicas, filosóficas y teológicas puestas en boca de los personajes con poco o ningún disimulo. El tema, lejos de estar difuminado al fondo como suele ocurrir en las historias, ocuparía aquí el primer término.

La propuesta estaba en las antípodas de lo que buscan las plataformas de *streaming*, así que ni se me pasó por la cabeza convertir aquello en una serie de televisión. Me planteé darle forma de cómic, pero no encontré la manera de contarlo en menos de mil páginas repletas de bocadillos. Entonces se me ocurrió. Aquella debía ser una historia oral. Después de todo, así es como nació el mito y la religión: con gente hablando en torno a una hoguera. *La firma de Dios* sería una ficción sonora. Una audioserie.

Envié una breve sinopsis a Podium Podcast que empezaba así: «Superada la mayor crisis a la que la humanidad se ha enfrentado jamás, una serie de personas testifican ante un comité encargado de registrar lo ocurrido a lo largo de la década y media anterior».

Aquel texto se cerraba con una advertencia: era consciente de que se trataba de un proyecto extraño y, casi seguro, con pocas posibilidades comerciales. Aceptaba el rechazo ya de entrada, prácticamente lo daba por sentado. Pero, contra todo pronóstico, a María Jesús Espinosa de los Monteros, entonces responsable de Podium Podcast, hoy directora general de PRISA Audio, le entusiasmó la historia y me animó a desarrollarla bajo su abrigo.

Ya habíamos colaborado en otras dos ficciones sonoras: El Gran Apagón, que fue un considerable éxito, y Guerra 3, mucho más ambiciosa en términos de producción pero también mucho más conservadora en su planteamiento narrativo. Comparada con esas dos series, *La firma de Dios* era casi experimental.

Escribirla no fue sencillo. Los personajes eran matemáticos, teólogos… Necesitaba algo más que documentación. Necesitaba ayuda. En aquella primera fase resultó especialmente importante el doctor en Biotecnología biomédica y divulgador científico Ricardo Moure. Él me explicó cómo darle verosimilitud a algo inimaginable: que un virus parezca tener conciencia. Suyas fueron dos de las ideas que acabarían dando forma a la serie entera: el gen dormido y el misterioso disruptor endocrino.

Desde el principio tuve claro que *La firma de Dios* sería una miniserie sin posibilidad de ampliación. Por bien que fuese, no podía haber más temporadas. Ocho capítulos. Ocho testimonios. Lo que excediera a eso se desarrollaría en la mente de los oyentes y solo ahí.

Todos los capítulos fueron reescritos varias veces, pero el último dio más guerra de lo esperado. Tras leerlo, María Jesús me dijo, con hermosas palabras, que la serie no podía terminar así. Todo quedaba demasiado abierto, demasiado abstracto. El público estaría esperando alguna respuesta y yo tenía la obligación de dársela. Pero no quería. ¿Cómo dar una respuesta a la filosofía, al infinito, al caos? Me llevó un tiempo encontrar la solución. Cuando llegues al final de este libro, podrás juzgar si lo conseguí o no.

La firma de Dios tuvo la suerte de contar con un equipo excepcional liderado por Lourdes Moreno Cazalla, por entonces ya al frente de Podium Podcast, y Teo Rodríguez, quien dirigió la serie y ejerció de diseñador sonoro. Entre ambos escogieron un reparto portentoso capaz de elevar estos guiones que, para bien y para mal, se basan exclusivamente en gente hablando alrededor de una mesa.

No me corresponde a mí juzgar el resultado final, pero en mayo de 2023 *La firma de Dios* obtuvo dos Premios Ondas Globales del Podcast, uno a la mejor ficción y otro al mejor guion.

Creo que ya te he dado un contexto más que suficiente para entender las motivaciones y circunstancias del proyecto, pero también me gustaría aportar alguna nota a esta edición literaria.

Cuando Penguin Random House decidió publicar los guiones de *La firma de Dios*, les pedí que me dejaran hacer algún que otro retoque. Los guiones no son fáciles de leer. Las acotaciones técnicas resultan farragosas y los diálogos están llenos de indicaciones para los actores y las actrices, de puntos suspensivos y palabras partidas por la mitad como señal de interrupción o de duda.

He revisado todo eso, procurando que la lectura sea lo más agradable y fluida posible. También he suprimido los prólogos. En la ficción sonora, todos los capítulos empiezan con una sucesión de noticias, entrevistas, declaraciones, ruedas de prensa y otro material sonoro de carácter supuestamente periodístico. Era un verdadero galimatías que no aportaba gran cosa en esta versión literaria.

Cada capítulo de este libro, igual que cada episodio del pódcast, empieza con una cita. Me pasé meses recopilándolas. Tuve que hojear varios libros en busca de subrayados y rescatar un antiguo documento de las profundidades del disco duro de mi ordenador. Acabé con nueve frases de novelistas, filósofos y científicos que, me parecía, encajaban como un guante con los temas tratados en la serie. Pero solo necesitaba ocho. Me costó horrores descartar una. No sabía entonces que no la estaba descartando. En realidad, la reservaba para este momento.

Lo escribió la poeta Muriel Rukeyser: «El universo se compone de historias, no de átomos».

José Antonio Pérez Ledo
Gordexola, 9 de junio de 2023

Capítulo 1

—

La plaga

Las respuestas que obtienes dependen de las preguntas que formulas.

THOMAS KUHN

La audiencia se celebra en la sala de un palacio con paredes y suelo de mármol, ante una mesa de madera maciza. Los tres miembros de la comisión, CUERVO, HALCÓN y GAVIOTA, están sentados uno al lado del otro. Disponen de papeles y material de escritura.

La sesión se graba en una antigua cinta de bobina abierta. El grabador se encuentra en la misma sala, no lejos de la mesa. Hay dos micrófonos: uno destinado a SARA, la compareciente de esta sesión, y otro que comparten los tres miembros de la comisión.

CUERVO

¿Me acercas el agua, por favor?

HALCÓN

Sí.

Una silla cruje, una jarra de agua es manipulada. Se llena un vaso.

CUERVO

Gracias.

A una cierta distancia, una puerta de madera se abre. Allí, unos tacones dan unos pasos dubitativos.

SARA

(*Entrando, lejos.*) Hola.

GAVIOTA

¿Señora Cobo?

SARA

(*Lejos.*) Sí.

GAVIOTA

Adelante. Pase, por favor.

La puerta se cierra. Los tacones se acercan por el suelo de mármol.

SARA

Buenos días.

GAVIOTA

Buenos días.

HALCÓN

Buenos días.

CUERVO

Tome asiento, por favor.

SARA

(*Cerca.*) Gracias.

> *Una silla de madera se desplaza para acomodar a* SARA.
> *Unos papeles se manipulan sobre la mesa.*

GAVIOTA

Sesión 427. Compareciente: Sara Cobo Laborde. Señora Cobo, ¿acepta voluntariamente participar en esta Comisión de la Memoria?

SARA

(*A una cierta distancia del micrófono.*) Sí.

GAVIOTA

Aproxímese al micrófono, por favor.

SARA

Perdón.

> *La silla se desliza ligeramente.*

(*Cerca.*) Sí. Acepto.

CUERVO

Le informamos de que esta sesión va a ser grabada, transcrita y archivada para futuras consultas. ¿Está de acuerdo?

SARA

Sí.

CUERVO

Como ya sabe, el objetivo de esta comisión, recogido en su estatuto fundacional, es recopilar la información de lo sucedido en los últimos dieciséis años. No se buscan responsabilidades individuales de ninguna clase ni estamos capacitados para ejercer justicia. Le rogamos, por tanto, que hable con total libertad.

SARA

Entendido.

Se manipulan unos papeles.

HALCÓN

Señora Cobo… Díganos, por favor, a qué se dedicaba en el año 2024.

SARA

Trabajaba como bióloga molecular.

HALCÓN

¿Dónde?

SARA

En ███████, un laboratorio privado.

HALCÓN

Aquí, en España.

SARA

Sí. En Madrid.

HALCÓN

¿Era un centro… grande, pequeño?

SARA

Pequeño, unas treinta personas. Nada que ver con los centros públicos que había en aquella época.

CUERVO

¿Les iba bien?

SARA

Sí. Teníamos buenos contratos. Con empresas farmacéuticas, sobre todo.

HALCÓN

¿Qué hacían allí? ¿A qué se dedicaban?

SARA

Estábamos especializados en citogenética molecular.

HALCÓN

Va a tener que explicarnos qué es eso.

SARA

Claro. Disculpen. La citogenética es el área de la genética que estudia los cromosomas. Su función, su estructura... Todo.

HALCÓN

Así que esta empresa, ███████, era una... un centro de investigación.

SARA

No, no exactamente. Teníamos también un área enfocada a la terapia. Servicios de oncología. Medicina molecular.

HALCÓN

Pero usted no trabajaba ahí.

SARA

No, yo estaba en el área de I+D.

Papeles se mueven en la mesa.

CUERVO

En 2024 empezó a estudiar el STG.

SARA

Sí. Mi equipo y yo.

HALCÓN

Pero usted lideraba ese equipo. (*Un papel se manipula.*) Veo aquí que firmaba las publicaciones como investigadora principal.

SARA

(*Sorprendida.*) ¿Han encontrado publicaciones nuestras?

HALCÓN

(*Lee.*) «Diagnóstico citogenético-molecular del síndrome X frágil».

SARA

Es nuestro, sí. ¿Puedo preguntar de dónde lo han sacado?

HALCÓN

Tenemos nuestros recursos.

CUERVO

Señora Cobo, háblenos del STG.

SARA

(*Suspira.*) Bueno… No sé si queda algo por decir.

CUERVO

Hágase a la idea de que no sabemos nada.

HALCÓN

Y de que necesitamos saberlo todo.

SARA

A ver… (*Piensa un momento.*) Bueno, STG son las siglas del «síndrome de trastorno genético». Su nombre original, en inglés, es *Genetic Disorder Syndrome*, GDS. Se encontró en enero de 2024. Nosotros, en ████████, empezamos a estudiarlo un poco después, a mediados de marzo.

CUERVO

¿Por qué?

SARA

¿Perdón?

CUERVO

¿Por qué decidieron estudiarlo? ¿Fue una decisión suya o se lo pidieron sus… superiores?

SARA

Pues… no lo recuerdo exactamente. En ese momento todo el mundo se puso a investigar el STG, en todas partes. Quiero decir que no era nada raro.

CUERVO

Bien. Siga.

SARA

El STG tenía… No sé muy bien por dónde empezar. Digamos que el STG era… raro. Al principio se pensó que era un virus, pero la verdad es que no se parecía a nada que hubiésemos visto antes.

GAVIOTA

¿A ningún otro virus?

SARA

A ningún otro virus, a ningún otro agente infeccioso...
A nada.

CUERVO

¿Qué tenía de especial?

SARA

Muchas cosas. Para empezar, su comportamiento. Era incoherente.

HALCÓN

¿Qué quiere decir con «incoherente»?

SARA

Caótico. Era caótico. Solo que eso no podía ser, porque los
virus no son caóticos. Los virus se comportan de una determinada manera que conocemos bien desde hace mucho. Este
no lo hacía. Por ejemplo, estaba la cuestión de la transmisión.
No sabíamos cómo se transmitía.

*Evocación: ambiente de parque semivacío. Una ráfaga
de viento agita las ramas.*

Primero se pensó que lo hacía por el aire, porque es lo más
común, pero resultó que no. Se dedujo entonces que sería por
contacto, por lo que llamamos vectores biológicos.

Evocación: el zumbido de un mosquito.

Un mosquito, un microorganismo... Pero tampoco era eso.

Fin de la evocación.

La cantidad de maneras en que puede propagarse un virus es limitada. Por inhalación, por ingesta, por la picadura de un insecto, por las secreciones sexuales, por una transfusión sanguínea o por el canal del parto. El STG no parecía que se propagase de ninguna de esas maneras.

CUERVO

¿Entonces?

SARA

Pues... tenía que estar haciéndolo de otra forma.

GAVIOTA

Acaba de decir que no hay más maneras.

SARA

Ya, pero los hechos estaban ahí.

Evocación: ambiente de una concurrida calle en alguna parte de Asia.

Se producía un brote en una región, muy concentrado, con una tasa de incidencia altísima, dos de cada cien, pero no había ni un solo caso en la región de al lado. Ni uno. Incluso en barrios, dentro de una misma ciudad. En un barrio, la incidencia era del 20 por ciento y, en el de al lado, cero, nada, ni un infectado. ¿Cómo era posible? Esa gente se cruzaba todos los días, algunos eran familia, trabajaban juntos, compraban la comida en los mismos sitios... En el laboratorio teníamos una broma con eso, decíamos que el STG se contagiaba por el código postal. Era como en el mapa de Snow, ¿lo conocen?

Fin de la evocación.

HALCÓN

Me temo que no.

SARA

En el siglo xix, el cólera hacía estragos en Londres.

Evocación: ambiente de una calle londinense en el siglo xix. Voces, carros de caballos, el agua corriendo en una fuente.

Creían que se transmitía por el aire, pero un médico, John Snow, no estaba convencido. Fue apuntando todos los casos, uno por uno, e hizo un mapa con ellos anotando dónde vivían. Muchos se concentraban en una misma zona de la ciudad, y otros trabajaban por allí cerca. Habló con algunos de ellos para ver si encontraba un patrón y se dio cuenta de que todos habían bebido de una misma fuente.

Evocación: el grifo de la fuente chirría al ser cerrado. El caudal de agua se interrumpe.

En cuanto la cerraron, el cólera desapareció de Londres.

Fin de la evocación.

GAVIOTA

Por eso se investigó el agua corriente.

SARA

Sí. Durante meses. Pero no encontraron nada.

HALCÓN

Bien, ¿y cuál era su teoría?

SARA

¿En aquel momento? No, ninguna. Yo también habría apostado por el agua.

CUERVO

Ese comportamiento... no sé si puede decirse errático...

SARA

Perfectamente.

GAVIOTA

Ese comportamiento errático del STG, ¿se daba en todo el mundo?

SARA

En todas partes, sí. En algunas zonas incluso de forma más acentuada.

Evocación: ambiente de una populosa calle de Taiwán. Rumor de voces, muchas motos y algún coche.

Me acuerdo de un caso, en un barrio de Taiwán, donde se infectaron todos los vecinos de un bloque. Todos. Si eran sesenta, los sesenta. Pero no se contagió nadie más en todo el barrio. Ni sus familiares ni los compañeros de trabajo… Ni los compañeros de colegio de los niños. Solo ellos, los de ese bloque.

Fin de la evocación.

HALCÓN

Dice que usted no tenía ninguna teoría, pero sabemos que otros sí las tenían.

SARA

Sí. Sí.

HALCÓN

¿Recuerda alguna que quiera comentar?

SARA

A ver, teorías había para todos los gustos. De todo tipo. Lo que pasa es que ninguna se sostenía mucho tiempo. En cuanto se proponía una hipótesis, al poco, alguien daba unos datos que la echaban por tierra.

GAVIOTA

¿Por ejemplo?

SARA

Pues mire, se llegó a pensar que el STG estaba relacionado con la exposición a ciertos materiales de construcción. Algo que había en los edificios. Se invirtió muchísimo tiempo en eso, estudiándolo, dándole vueltas, pero era una idea… Estaba claro que no iba por ahí.

HALCÓN

¿Por qué?

SARA

Por el patrón de contagios. Porque los edificios, los materiales de construcción, en Europa no tienen nada que ver con los de Taiwán o Sudáfrica. Nada que ver. Y en todas partes estaba pasando lo mismo. No eran los edificios, no era un agente biológico que... emanaba de las paredes.

CUERVO

Si tan evidente era para usted, ¿por qué hubo tantos científicos que se dedicaron a estudiarlo?

SARA

Porque, y ahí estaba su esperanza, lo achacaban al cambio climático.

GAVIOTA

¿Qué tiene que ver el cambio climático con todo esto?

SARA

Absolutamente nada, pero estábamos tan desesperados por entender qué era aquello, por qué el STG se comportaba de esa manera, que todo el mundo se agarraba a un clavo ardiendo.

CUERVO

Explíquese.

SARA

Verán, cuando se produce una alteración en un sistema, solo hay una manera de encontrar su origen. Se busca qué condiciones han cambiado y cuáles han permanecido estables. En este caso, en la pandemia del 24, lo que había cambiado era la temperatura global. Radicalmente, además. Se acordarán de que, entre el 22 y el 24, la temperatura subió casi un grado. Una barbaridad. Algunos le echaban la culpa a eso. Creían, o querían creer, que algún material podía haber hecho algún tipo de reacción por ese cambio de temperatura, pero nadie encontró ninguna prueba.

HALCÓN

Señora Cobo, volvamos un momento al origen de la pandemia.

SARA

De acuerdo.

Un vaso se levanta de la mesa.

HALCÓN

¿Cuál era el foco?

SARA

Bueno, ese era otro de los problemas. Que no se sabía. Perdón. (*Bebe.*) No teníamos ni foco ni paciente cero.

El vaso se apoya de nuevo en la mesa.

Se investigó durante meses. La OMS movilizó a un grupo de expertos… (*Se corrige.*) A varios grupos de expertos, creo recordar, pero no dieron con nada. También es verdad que la OMS ya estaba muy tocada por entonces.

CUERVO

Pero tuvo que haber un primer caso.

SARA

Había un primer caso detectado, pero seguramente no era el paciente cero. Como no se conocía el modo de transmisión, no había manera de saberlo.

GAVIOTA

¿Lo recuerda, ese primer caso?

Evocación: el mar contra las rocas. Graznido de gaviotas.

SARA

Sí, fue en Gavdos, una isla griega. Tiene, o tenía, mejor dicho, ciento ochenta habitantes. Eran pescadores casi todos, así que se pensó que el virus podía haber saltado de los peces a las personas a través de la cadena trófica.

HALCÓN

Pero tampoco se pudo confirmar.

SARA

No. Bueno, sí, se confirmó que no era eso. No eran los peces.

Fin de la evocación.

GAVIOTA

Señora Cobo, de todas las particularidades que nos está comentando del STG, ¿cuál fue la que más le sorprendió a usted personalmente?

SARA

Pues tendría que pensarlo un momento. Ha pasado bastante tiempo ya, pero... Creo que lo más sorprendente... o, mejor dicho, la primera sorpresa grande, el primer auténtico shock, fue cuando se descubrió que no lo provocaba un virus.

CUERVO

Háblenos de eso.

SARA

Es algo complejo. No es fácil explicarlo sin...

Una escandalosa alarma empieza a sonar en el exterior, al otro lado de las ventanas.

¿Tenemos que salir?

CUERVO

No, es un aviso de derrumbe. No se preocupe, aquí estamos seguros.

SARA

¿Sigo entonces o...? (*Deja la frase en el aire.*)

GAVIOTA

Espere un momento. A veces afecta a la grabación.

SARA

Bien.

GAVIOTA

Es cuestión de unos segundos.

> *Varios segundos de silencio. Luego, varias explosiones controladas provocan la caída de un edificio a una cierta distancia. Los cristales de la estancia vibran.*

SARA

(*Carraspeo preocupado.*)

GAVIOTA

Las ventanas aguantan.

SARA

(*Preocupada, susurra.*) Vale.

GAVIOTA

No es la primera vez.

> *El estremecimiento se prolonga unos segundos.*

HALCÓN

(*Suspira.*) ¿Sigue grabando?

GAVIOTA

Lo compruebo.

Una silla se desliza.

(*Alejándose del micrófono.*) Un momento, por favor.

SARA

Claro.

Pasos se alejan.

GAVIOTA

(*Lejos del micrófono.*) Mmm. Todo en orden.

Los pasos regresan. Una silla se desliza, un cuerpo se acomoda. Mientras:

CUERVO

Nos estaba contando que se sorprendió cuando se supo que el STG no lo causaba un virus.

SARA

Sí. El problema es que partíamos de un error. Creíamos que lo que provocaba el STG, fuera lo que fuese, mutaba cierto gen dentro de los pacientes. Lo que se descubrió, y esa fue la gran revolución, es que no lo mutaba, sino que... lo activaba. Lo despertaba.

GAVIOTA

Explíquese.

SARA

En el ADN tenemos un montón de secuencias que no sabemos para qué sirven. No codifican proteínas, no hacen nada o parece que no lo hacen. Antes lo llamábamos ADN basura. Algunas de esas secuencias son vestigios de antiguos virus. Muy muy antiguos. Virus que infectaron a nuestros antepasados hace millones de años y que se han quedado dentro de nosotros, sin utilidad o sin utilidad aparente. Lo que se descubrió es que el STG era la expresión de uno de esos genes que, de pronto (*chasquea los dedos*), se activaba.

HALCÓN

¿Por qué?

SARA

Esa es la pregunta, claro. Por qué se activaba de repente un gen que llevaba millones de años en nuestro ADN sin hacer el menor ruido. Lo más cercano a eso que habíamos visto eran unos experimentos en laboratorio que hizo un grupo… estadounidense, me parece. Manipulaban la expresión genética de bacterias aplicándoles un cierto tipo de luz. Pero, en el caso del STG, no era la luz, no podía ser la luz.

GAVIOTA

Entonces ¿qué?

SARA

Un agente externo, eso seguro. Así que se retomó la idea del cambio climático. ¿Y si se había producido alguna alteración que nos había pasado desapercibida, y esa alteración nos estaba afectando a nivel genético? No era descabellado. Había evidencias de que muchos contaminantes pueden hacer eso.

34

Se manipulan unos papeles.

GAVIOTA

Señora Cobo, tenemos aquí unas cifras que nos gustaría compartir con usted.

SARA

Claro.

Se manipulan unos papeles.

GAVIOTA

En marzo de 2024 se registraron ciento sesenta y siete mil casos de STG en todo el mundo. En abril de ese mismo año, más de cuatro millones.

SARA

Sí. No recuerdo los números exactos, pero eran algo así. El crecimiento era exponencial. Sin patrón, o sin un patrón que entendiésemos, pero exponencial.

GAVIOTA

A pesar de los confinamientos.

SARA

¡Es que los confinamientos no servían de nada! En abril ya estaba todo el planeta confinado, todas las fronteras cerradas, ¡pero no sirvió de nada! No servía de nada porque no nos enfrentábamos a un virus, sino a un agente ambiental que ni siquiera sabíamos dónde estaba ni cómo se propagaba. A lo mejor era peor quedarse en casa. Podía ser. Los políticos no querían ni oír hablar de eso, pero era una posibilidad.

CUERVO

¿Cree que los gobiernos se equivocaron tomando esas medidas?

SARA

No, no digo eso. No quiero decir eso. Hicieron lo que creían que era mejor con los datos que tenían. Solo que no tenían los datos correctos. Nadie los tenía. A eso se le suma el ruido mediático y... Ahí todavía había redes sociales. Eso no ayudó. La gente estaba asustada, es normal, y difundían toda clase de tonterías.

HALCÓN

La presión sobre los científicos fue grande esos meses.

SARA

Sí. Ya lo creo.

HALCÓN

¿Experimentó usted esa presión?

SARA

Sí, bueno, todo el mundo quería respuestas y las quería ya. Lo que pasa es que la ciencia no funciona así. No funciona por presión. Lo estamos viendo ahora. No sirve de nada presionar a los científicos. No van a hacer un descubrimiento antes porque les metas prisa.

HALCÓN

Y, sin embargo, usted hizo uno.

SARA

Sí, pero no por la presión. Y no fui yo sola, fue un trabajo conjunto. Yo era la cabeza visible, pero hubo muchas personas implicadas.

CUERVO

Señora Cobo, no ha sido nada fácil dar con usted.

SARA

Sí. Lo sé.

CUERVO

Mientras lo intentábamos, mientras la buscaban, esta comisión ha tenido la oportunidad de hablar con mucha gente.

Se manipula una pila de papeles. Se extrae un dosier.

Llevamos más de cuatrocientas entrevistas. Cuatrocientas veintiséis, sin contar esta. Y debo decirle que su nombre ha aparecido varias veces. Me va a permitir…

Se pasan páginas en un dosier.

CUERVO

Rodrigo Carasa. ¿Lo recuerda?

SARA

Sí, Rodrigo, claro. ¿Sigue vivo? ¿Está bien?

HALCÓN

Lo estaba hace dos meses.

Se pasan páginas en un dosier.

CUERVO

Como no sabíamos si daríamos con usted, ni si seguía viva, lo citamos a declarar.

SARA

Era mi ayudante.

CUERVO

Eso nos dijo. Permita que le lea un fragmento de su declaración.

Unas gafas se despliegan. Un dedo se desliza por un papel.

A ver... Sí. (*Carraspea, lee.*) «No creo exagerar si digo que Sara Cobo empezó todo lo que nos ha traído hasta aquí. Ella le quitaría importancia, diría que lo encontró ella como pudo haberlo encontrado cualquier otro. Pero el caso es que fue ella. Aunque creo que su mérito no fue tanto descubrirlo como preguntarse qué podía significar aquello. Otros lo habrían descartado, pero ella no. Sara se empeñó en que tenía que significar algo. Dio significado a lo que otros habrían tomado por un error. Para mí eso es genialidad».

El dosier se apoya en la mesa.

SARA

No sé qué decir. Es muy amable.

CUERVO

Algunos opinarían lo contrario. Dice, literalmente, que usted nos ha traído hasta aquí.

SARA

(*Incómoda, tras una pausa.*) No... No lo había interpretado así.

HALCÓN

Señora Cobo, si la hemos buscado con tanto ahínco es porque consideramos que su aportación a la Comisión de la Memoria es fundamental en este punto en concreto. Necesitamos que sea muy clara. Muy clara. Cuéntenos qué descubrió y cómo lo hizo.

SARA

Bien.

Un cuerpo se recoloca en una silla, acomodándose.

Fue... cinco meses después del brote de Grecia. En mayo, a finales. Parecía que había pasado muchísimo más tiempo porque casi no dormíamos. Ni salíamos del laboratorio prácticamente. Nos pasábamos las veinticuatro horas trabajando. Estar al día no era fácil. Había grupos de investigación de todo el mundo colgando sus trabajos en internet, en plataformas de libre acceso. Era virtualmente imposible leerlo todo. Ni hojearlo siquiera. El mundo entero estaba trabajando en el STG, en todas partes, cada uno desde su... perspectiva. Nosotros nos habíamos centrado en un aspecto muy concreto.

CUERVO

¿Cuál?

SARA

En el estudio de ese gen que les he dicho. Aquel vestigio genético que, de pronto, se activaba sin que nadie supiese por qué. Lo llamaban gen problema.

Evocación: un respirador hospitalario y un monitor cardiaco.

Llegamos a un acuerdo con un hospital para que nos facilitasen muestras de los pacientes… previo permiso escrito por su parte, desde luego.

CUERVO

¿Qué hospital?

SARA

El ▮▮▮▮▮▮▮. Tenían un ala entera dedicada a STG. La cuestión es que… En una de aquellas muestras encontramos… (*Deja la frase en el aire.*)

Fin de la evocación.

GAVIOTA

¿Qué?

SARA

Saben que el ADN se compone de cuatro bases químicas: adenina, citosina, guanina y timina. Esas cuatro bases se representan con cuatro letras, sus iniciales: A, C, G, T. Un gen es una sección de ADN, un pedacito de esas cadenas larguísimas. Y, por tanto, los genes tienen esas cuatro letras combinadas, eso es lo que conforma un gen.

HALCÓN

Sí.

SARA

Bien, pues, al analizar una de las muestras que nos facilitó el hospital, encontramos un gen problema formado solo por una letra. La G. Guanina.

GAVIOTA

¿Eso es... inhabitual?

SARA

No, no es inhabitual. Es imposible. Es o era estadísticamente imposible. Conocíamos algo parecido, islas CpG se llaman. Regiones del ADN donde las G y las C son mayoría, pero nada parecido a un gen entero con una sola letra. Eso no se había visto jamás y... cambiaba por completo el paradigma de la biología molecular. Era una revolución.

HALCÓN

¿Podía ser un error?

SARA

Eso pensamos, que la muestra se habría adulterado de alguna forma. Por radiación, probablemente. Puede pasar, era una explicación que... Digamos que resultaba factible. Así que volvimos al hospital, buscamos al paciente que había aportado esa muestra y le extrajimos otra. Lo mismo. El mismo resultado. Guanina.

Vaso se levanta de la mesa.

(*Bebe varios tragos.*)

Vaso se deposita en la mesa.

Nos dimos una semana para pensar, porque estaba claro que tenía que ser un error. Algo estábamos haciendo mal. Pero no se nos ocurrió qué podía ser, así que acabamos publicando lo que habíamos encontrado. Lo colgamos en uno de esos repositorios de libre acceso que les he dicho.

CUERVO

¿Aun sabiendo que podía ser un error?

SARA

Dábamos por hecho que lo era. Básicamente decíamos: «Hemos obtenido estos resultados, algo hacemos mal, pero no sabemos qué. ¿A alguien se le ocurre qué puede ser? ¿A alguien le está pasando lo mismo?».

GAVIOTA

¿Hubo respuesta?

SARA

Varias, pero solo una que importe. Un laboratorio alemán, de Heidelberg, nos dijo que les estaba pasando exactamente lo mismo. Habían encontrado un gen problema formado por una sola letra, solo que en su caso era la A. Adenina. No lo habían hecho público porque, igual que nosotros, estaban seguros de que tenía que ser un error.

HALCÓN

Pero no lo era.

SARA

No. No lo era. Era... Era algo nuevo.

CUERVO

¿Qué repercusiones tuvo su descubrimiento?

SARA

Para empezar, tuvimos que ampliar la plantilla.

Evocación: varios teléfonos suenan superpuestos.

Empezaron a llamarnos de todas partes: laboratorios, farmacéuticas, medios de comunicación...

Fin de la evocación.

CUERVO

Me refería a repercusiones científicas.

SARA

Bueno, fue... desconcertante. En la comunidad científica se produjo una división. La mayoría seguía pensando que aquello estaba mal, que no podía ser.

CUERVO

¿Creían que mentían?

SARA

No. No. Alguien lo pensaría, supongo, pero nadie nos acusó de mentir. O no a la cara. Estaba claro que, si se había encontrado lo mismo en Alemania y en España, es que había algo.

HALCÓN

¿Y qué pensaba el resto?

SARA

El resto, como les digo, una minoría, pensaba que de verdad habíamos dado con algo. Solo que la mera idea era vertiginosa. Porque si aquello era correcto…, ¿qué era? ¿Qué teníamos delante? ¿Y por qué se producía? Porque seguíamos sin tener ni idea. Se escribió mucho sobre el asunto.

GAVIOTA

¿Algo que quiera reseñar?

SARA

Casi todo lo que se publicó era literatura científica. Entonces todavía se pensaba que aquello era una cuestión biológica. No entendíamos las… implicaciones.

HALCÓN

¿Cuándo las entendió usted?

SARA

Mucho después. Y me costó. Yo soy… Era una mujer de ciencias. Creo que lo sigo siendo, aunque ya no estoy muy segura. No lo sé… (*Pausa. Piensa.*) Hubo un periodista… Publicó un artículo que me gustó, aunque nadie le hizo mucho caso. Recuerdo que lo imprimimos y lo pusimos en un corcho, allí, en el laboratorio. Llamaba a nuestro descubrimiento «el umbral». Me pareció bonito.

GAVIOTA

El umbral.

SARA

Sí. No recuerdo las palabras exactas, pero venía a decir que aquello era como… el acceso a un nuevo mundo. Un mundo desconocido. Decía que aquel descubrimiento, los dos, el alemán y el nuestro, nos llevaría a entrar en una especie de… nueva era del conocimiento.

CUERVO

Acertó entonces.

SARA

Bueno, no del todo. Él hablaba del STG como si fuese una enfermedad. Lo cual es normal y hasta cierto punto correcto, aunque no es… exacto, como sabemos ahora. Es verdad que nos enfermaba y, en algunos casos, llegaba a matar a los pacientes, pero no creo que debamos llamarlo enfermedad.

HALCÓN

¿Eso lo piensa ahora o lo pensaba ya entonces?

SARA

Ahora. Ahora. Por entonces sabía que había algo extraño, claro, pero… No soy tan inteligente. Ni nadie, porque, que yo sepa, ninguna persona lo vio venir. El mundo, la humanidad… Nunca habíamos visto nada ni remotamente parecido. Nadie estaba preparado para algo como aquello, ni los científicos ni los filósofos ni los… religiosos. Nadie.

CUERVO

¿Cree que, de haber intuido en ese momento a lo que nos enfrentábamos, los científicos lo habrían dejado, habrían parado?

SARA

No. Estoy completamente segura de que no.

CUERVO

¿Por qué?

SARA

Porque el ser humano no funciona así. Si damos con un reto de esas dimensiones, la humanidad no se para solo porque sepa que es peligroso o porque… esté mal. Habríamos seguido investigando. Igual que hicimos con la bomba atómica, por ejemplo, o luego con el diseño genético. Nos habríamos metido en la boca del lobo independientemente de las posibles consecuencias. Que fue justo lo que hicimos. Eso hicimos, y asumo mi parte de culpa. Nos lanzamos al abismo sin tener ni idea de lo que nos esperaba dentro.

Capítulo 2

—

Cruzando el umbral

Lo que hay en las profundidades raramente es agradable.

FRIEDRICH NIETZSCHE

La audiencia se celebra en la sala de un palacio con paredes y suelo de mármol, ante una mesa de madera maciza. Los tres miembros de la comisión, CUERVO, HALCÓN y GAVIOTA, están sentados uno al lado del otro. Disponen de papeles y material de escritura.

La sesión se graba en una antigua cinta de bobina abierta. El grabador se encuentra en la misma sala, no lejos de la mesa. Hay dos micrófonos: uno para LUCCA, el compareciente de esta sesión, y otro que comparten los tres miembros de la comisión.

LUCCA

(*A una cierta distancia.*) A ver...

El micrófono del compareciente se desliza, recolocándose sobre la mesa.

¿Así? ¿Mejor?

GAVIOTA

Mejor, gracias.

LUCCA

Bien. (*Carraspea.*)

GAVIOTA

Sesión 436. Compareciente: Lucca Esparza Santoro. Señor Esparza, ¿acepta voluntariamente participar en la Comisión de la Memoria?

LUCCA

Sí.

GAVIOTA

Le informamos de que esta sesión va a ser grabada, transcrita y archivada para futuras consultas.

LUCCA

Sí, ya lo veo. No hay problema.

CUERVO

¿Sabe por qué le hemos hecho venir?

LUCCA

Imagino que quieren que les cuente lo del código.

CUERVO

Eso es.

LUCCA

¿Por dónde quieren que empiece?

HALCÓN

Nosotros iremos haciéndole preguntas.

LUCCA

Bien. Mejor.

HALCÓN

Para empezar, díganos dónde trabajaba en el año 2025.

LUCCA

En Florencia. En el ████████, un centro de matemáticas aplicadas.

HALCÓN

Usted es argentino, ¿cómo acabó allí?

LUCCA

Mi madre era italiana. Me crie en Argentina, pero mis padres se divorciaron y, a los trece años, mi madre y yo nos mudamos a Italia.

HALCÓN

¿A qué se dedicaban en ese laboratorio?

LUCCA

Hacíamos investigación interdisciplinar. Física matemática, matemática computacional, análisis de ecuaciones diferenciales... Un poco de todo.

HALCÓN

¿En qué momento empezaron a investigar el síndrome del trastorno genético?

LUCCA

Oficialmente, nunca.

CUERVO

¿Oficialmente?

LUCCA

El ▮▮▮▮▮ no se ocupó del STG. Fue cosa mía. Me lo planteé como un... *hobby*, digamos.

GAVIOTA

¿Qué es lo que hacía exactamente?

LUCCA

Lo mío, mi campo. Análisis numérico.

GAVIOTA

¿Podría ser más específico?

LUCCA

Sí, a ver… A principios de 2025, en pleno esplendor de la pandemia, me encontré con una noticia que me llamó la atención. Un grupo de científicos canadienses había procesado en una supercomputadora algunas muestras del gen problema.

GAVIOTA

Se refiere al gen que provocaba el síndrome.

LUCCA

Sí. Lo llamaban gen problema, era una mala traducción del inglés.

HALCÓN

Bien. Siga.

Evocación: el sonido de los ventiladores y los discos duros de un superordenador.

LUCCA

Los canadienses procesaron… No me acuerdo del número exacto, pero creo que fueron sesenta y pico mil muestras de ese gen. Les llevó meses. Tengan en cuenta que cada uno de aquellos genes tenía unos diez mil pares de bases. Eso son veinte mil letritas: A, C, G, T… Piensen en el número de combinaciones posibles. Una barbaridad. Bueno, pues, al procesar las muestras en la supercomputadora, se encontraron con que solo había ocho mil ciento veintiocho combinaciones.

CUERVO

Quiere decir, para que quede claro, que el gen problema tenía ocho mil ciento veintiocho formas.

LUCCA

Eso es. De todas las posibles, que eran muchísimas, el gen problema solo presentaba ocho mil ciento veintiocho configuraciones genéticas, ni una más ni una menos.

Fin de la evocación.

CUERVO

Entiendo que una de ellas era la que encontró la doctora Cobo, la que estaba formada solo por guanina.

LUCCA

Sí. Y otra era la de los alemanes, la que solo tenía adenina.

HALCÓN

¿Por qué le llamó eso la atención?

LUCCA

Por el número. Ocho mil ciento veintiocho. Es un número perfecto. Por aquella época, yo estaba trabajando con números perfectos, era mi... (*Sonríe.*) Podría decirse que estaba obsesionado con ellos.

HALCÓN

Trabajando ¿de qué manera?

LUCCA

Intentaba descubrir si son infinitos.

GAVIOTA

¿Lo son?

LUCCA

(*Ríe.*) Nadie lo sabe todavía. Y, la verdad, no creo que haya nadie pensando en eso ahora mismo.

CUERVO

Bien, así que ese número le llamó la atención y... ¿qué?

LUCCA

Me puse a darle vueltas. Me parecía raro que el gen problema tuviese ocho mil ciento veintiocho configuraciones genéticas distintas, pero siempre se manifestase de la misma manera.

GAVIOTA

Provocando STG.

LUCCA

Exacto. Sea cual sea la configuración que te toca, si ese gen se te despierta, si tienes la mala suerte de que se te despierte, vas a tener fiebre, problemas respiratorios y problemas cardiacos. Todos los pacientes tenían el mismo cuadro clínico, clavado. Entonces ¿por qué adopta ese gen ocho mil ciento veintiocho formas distintas? ¿Por qué en una persona el gen problema tiene una configuración y en otra persona tiene otra? ¿Entienden? ¿A qué obedece? Solo había una manera de descubrirlo: buscando un patrón. Y los patrones son cosas de matemáticos. No hay nada más matemático que un patrón.

CUERVO

Y usted decidió buscarlo.

LUCCA

Sí.

CUERVO

¿Cómo?

LUCCA

Para empezar, necesitaba una computadora capaz de mover aquellos números tan enormes. Mi PC estaba conectado al ███████ en remoto, así que pedí permiso para usarlo. Pero, claro, no bastaba con introducir aquellas ocho mil ciento veintiocho cadenas de letras. Tenía que cruzarlas con otros datos. Escribí el algoritmo, no me llevó nada, era fácil, pero, para que funcionase, necesitaba todos los datos posibles de pacientes con STG: la edad, el sexo, el domicilio… Cuantos más, mejor.

HALCÓN

¿De dónde los sacó?

LUCCA

Tenía una amiga en el Hospital ███████████, en Barcelona. Me envió un archivo con algunos datos. No era gran cosa, pero me bastó para empezar. Y descubrí algo allí mismo, en Barcelona.

Evocación: ambiente de ciudad tranquila. Voces en catalán.

En un edificio habían enfermado los del primer piso y los del quinto. Solo ellos. Era una de esas cosas raras que hacía esta enfermedad, hasta ahí nada nuevo. Los pacientes estaban ingresados en el hospital de mi amiga y me envió muestras de sus genes problema. Al analizarlos, me encontré con otra cosa, algo más raro todavía. Resulta que todos los enfermos del primer piso tenían una misma configuración, y todos los del quinto, otra distinta. O sea, no es ya que el STG fuera por códigos postales, como se decía, es que el gen problema iba por plantas (*una risotada, ¡ja!*).

Fin de la evocación.

HALCÓN

¿Qué implicaba eso, señor Esparza?

LUCCA

Bueno, podía implicar muchas cosas, pero a mí se me ocurrió que... Pensé que había un orden en esa distribución. O que podía haberlo. Y, si hay orden, hay información. Pensé: ¿y si esas ocho mil ciento veintiocho configuraciones son una especie de... código?

GAVIOTA

Un alfabeto.

LUCCA

No exactamente. También lo pensé al principio, pero ocho mil ciento veintiocho letras serían muchas letras. El español tiene veintisiete. El italiano, veintiuna. Y con eso nos llega para decirlo todo. Ocho mil ciento veintiocho eran demasiadas. Así que luego se me ocurrió que a lo mejor no eran letras, sino palabras. Me estuve documentando y ocho mil palabras son suficientes para comunicarse de manera eficiente. El español tiene ochenta mil, me parece. Eso en el diccionario. Una persona normal no usa ni… ¿qué? ¿El 10 por ciento?

HALCÓN

Palabras codificadas dentro de genes.

LUCCA

Eso es.

HALCÓN

A priori no parece una hipótesis muy científica.

LUCCA

(*Sorprendido.*) ¿Por qué? Yo no lo veo así.

HALCÓN

¿Y cómo lo ve usted?

LUCCA

Alfred Wegener. ¿Saben quién es?

CUERVO

(*Suspira.*)

GAVIOTA

No.

LUCCA

Fue un geofísico alemán. A principios del siglo xx se le ocurrió proponer que, hace millones de años, todos los continentes estaban unidos. ¿Saben cómo se le ocurrió? Porque vio que África y América del Sur encajaban. Si los acercas… Imagínenselo:

Dos manos se entrelazan frente al micrófono.

La verdad es que encajan. Son como dos piezas de un puzle. No podía estar más a la vista, la gente llevaba siglos mirando mapamundis, pero se le ocurrió a él. Wegener se dio cuenta. Y, aun así, cuando lo dijo, lo crucificaron. Le llamaron de todo, loco, hereje… De todo. Pero resulta que tenía razón. (*Divertido.*) La diferencia es que yo me lo callé. No soy tan valiente.

HALCÓN

Pero no se lo calló o no estaríamos aquí.

LUCCA

Bueno, no, se lo dije a una persona.

GAVIOTA

¿A quién?

LUCCA

A ███████████, mi jefe. Tenía que contárselo, estaba usando la supercomputadora del centro.

CUERVO

¿Él le apoyó?

LUCCA

Me dijo: «No tiene ningún sentido, pero sé que no vas a dejar de pensar en eso». Así que se ofreció a echarme una mano y nos pusimos a programar, cada uno desde nuestra casa. La idea era mejorar lo que yo había hecho.

Evocación: teclas en dos ordenadores. Un móvil que suena y se descuelga.

Compartíamos el código que íbamos escribiendo, hablábamos todos los días, varias veces al día. (*Divertido.*) Acabó tan obsesionado como yo. El problema es que estábamos atados de pies y manos.

GAVIOTA

¿Por qué?

Fin de la evocación.

LUCCA

Para saber si aquellas ocho mil ciento veintiocho configuraciones del gen problema eran de verdad palabras, necesitábamos una guía de algún tipo. Una especie de… piedra de Rosetta. Y para eso nos hacían falta muchísimos datos. Datos de pacientes, quiero decir. Todos los posibles.

HALCÓN

¿No ha dicho que ya los tenía, que se los facilitó esa amiga suya?

LUCCA

Ella me pasó algunos datos, pero eran muy pocos, muy bási-
cos. De ese edificio de Barcelona, por ejemplo, solo tenía la
dirección de los pacientes y la codificación de su gen problema, nada más. No sabía si eran hombres o mujeres, si eran jóvenes, viejos... ¡A lo mejor todos los del primer piso eran
familia, yo no lo sabía! Antes de poder sacar conclusiones,
necesitábamos todos los datos que pudiésemos conseguir del
mayor número de pacientes. Edad, sexo, dirección, raza, enfermedades previas, descendencia... Y, además, debíamos
tener muestras del gen problema de toda esa gente para saber
cómo se expresaba.

GAVIOTA

¿De dónde sacaron esos datos?

LUCCA

Fue idea de ███████. Me dijo: «¿Y si se los pido al Gobierno?».

GAVIOTA

¿Eso era legal?

LUCCA

(*Ríe.*) No, claro que no. Por supuesto que no era legal. Violaba todas las leyes de protección de datos, pero... Digamos
que mi jefe estaba bien conectado. Era hijo de un mandamás
del gobierno. Su bisabuelo había sido fascista, de los de verdad, los de Mussolini. Y el caso es que conseguimos los datos,
un montón. Más de cinco mil genes problema extraídos de
pacientes con STG asociados a su ficha de la Seguridad Social,
con todos los datos imaginables.

CUERVO

¿Qué hicieron con ellos?

Evocación: el sonido de los ventiladores y los discos duros de un superordenador.

LUCCA

Los metimos en la supercomputadora. Nuestro algoritmo los cruzaría con el gen problema de cada uno de ellos y, a su vez, cruzaría todos esos datos entre sí.

Fin de la evocación.

CUERVO

¿Eso no le planteó ningún problema ético?

LUCCA

(*Divertido.*) Ya, bueno, estaba esperando esa pregunta. A veces hay que ser… laxo con la ética. Si no, no podríamos hacer nada.

CUERVO

Es un punto de vista.

HALCÓN

¿Encontraron su piedra de Rosetta?

LUCCA

La encontramos, sí. Un pedazo, por lo menos.

CUERVO

¿Qué quiere decir?

LUCCA

El algoritmo encontró un patrón.

Evocación: un pueblo de alta montaña. El viento en las ramas de los árboles, un campanario lejano, algún mugido, algún cencerro.

Descubrió que cierta configuración del gen problema, una de aquellas ocho mil ciento veintiocho variantes, se concentraba en los pueblos de alta montaña. En los Apeninos había muchísima gente con esa configuración en concreto, con esa... palabra. Al principio la tradujimos como «montaña», nos parecía lo lógico, pero luego la encontramos también en gente que vivía en la ciudad. Menos, pero se daba.

Evocación: una calle de Roma casi vacía. Alguna moto, algún coche, algún ladrido.

Así que no podía significar «montaña», claro, no tendría sentido. Miramos dónde vivía esa gente de las ciudades y descubrimos que todos lo hacían en rascacielos. En plantas altas, la cuarenta o más.

GAVIOTA

«Arriba».

LUCCA

O «altura», sí. En cualquier caso, había un patrón, esto estaba clarísimo. La gente que vivía a una cierta altura, fuese en la montaña o en lo alto de un rascacielos, tenía esa variante del gen problema. La distribución no era aleatoria.

GAVIOTA

¿No podía tener una explicación natural? ¿Ambiental?

LUCCA

Lo pensamos, pero no hay ningún elemento ambiental común entre un pueblo de los Apeninos y un rascacielos de Roma. Su único nexo de unión es una idea, la altura, y eso lo construimos nosotros, los humanos. Es… un constructo intelectual.

Fin de la evocación.

CUERVO

Así que ese gen o lo que fuese que activaba ese gen sabía dónde vivía la gente.

LUCCA

Lo sabía y lo entendía. Y, más importante, quería que nosotros supiésemos que lo entendía.

Varios cuerpos se acomodan en sus sillas.

CUERVO

Señor Esparza, algunos estudiosos dijeron que su descubrimiento fue el auténtico comienzo de lo que vendría después. Ese… salto que usted dio. De no haberlo dado, seguramente no habríamos pasado por todo esto.

LUCCA

Eso me parece bastante mezquino, francamente. Es como culpar a Einstein por la bomba atómica. Yo solo comparé unos números.

HALCÓN

¿Lo hicieron público en ese momento?

LUCCA

No. Necesitábamos más ejemplos, y eso nos llevó un tiempo. Tradujimos veintitrés palabras en total. Las medio tradujimos, vaya. No estábamos muy seguros del significado, pero sabíamos que no andarían lejos de lo que proponíamos. «Dentro», «fuera»… «Curable», «incurable»… También nos las apañamos para traducir los números. Una vez encontramos el uno y el dos, los demás salieron solos. Salvo el cero. El cero se nos resistió.

GAVIOTA

¿Qué pensaba usted en ese momento?

LUCCA

¿Respecto a qué?

GAVIOTA

Había encontrado mensajes codificados en un gen.

CUERVO

En un gen que después de millones de años sin hacer absolutamente nada se expresaba sin causa conocida en nuestro organismo.

LUCCA

Sí. Era alucinante, sí. Lo sigue siendo, ¿verdad? (*Suspira.*) Si les digo la verdad, no sé lo que pensaba. Estaba emocionado. Estaba... frenético. Casi ni dormía. Dormir me parecía una pérdida de tiempo. (*Pausa, reflexiona un momento.*) ¿Qué pensaba yo entonces? No sé. En su momento jamás habría dicho esto que voy a decirles, pero... Creo que la ciencia debe tener unos límites. Hay que saber decir «hasta aquí». Hay cosas en la naturaleza a las que es mejor no asomarse. Pero eso lo digo ahora, claro. En ese momento... era imparable, ya les digo.

Se manipulan unos papeles.

HALCÓN

Señor Esparza, en abril de 2025 usted publicó por fin su investigación.

LUCCA

Sí.

HALCÓN

En internet, según tenemos entendido.

LUCCA

Sí. En mi *site*.

HALCÓN

¿Por qué no lo envió a una revista científica?

LUCCA

Me daba miedo que alguien se adelantase. Esas revistas son lentas y hay o había mucha política.

HALCÓN

Entiendo.

CUERVO

¿Qué reacciones diría que produjo su estudio?

LUCCA

Bueno, muchos no... (*Carraspea, nervioso.*) Al principio, cuando lo publiqué, creo que todo el mundo me tomó por un chiflado, la verdad. Yo habría pensado lo mismo seguramente.

Evocación: teclas en ordenadores pulsadas por muchas manos.

Pero luego hicimos público el algoritmo y la gente empezó a comprobar mis datos. En una semana ya estaban diciendo que me darían el Nobel.

GAVIOTA

No se lo dieron.

Fin de la evocación.

LUCCA

(*Divertido.*) No les dio tiempo. Eso me gusta pensar.

CUERVO

Tenemos entendido que no solo comprobaron sus datos, sino que… enriquecieron su investigación.

LUCCA

Era la idea, para eso lo publicamos. Lo que pasa es que no podía hacerlo cualquiera, no bastaba con el algoritmo. Se necesitaban unas bases de datos muy completas y un procesamiento de cálculo potente. En Estados Unidos se encargó el MIT. Tradujeron… doscientas palabras, me parece. Los colores, por ejemplo. Eso lo hicieron ellos.

CUERVO

Se confirmó entonces que había mensajes.

LUCCA

Se confirmó. Se confirmó.

CUERVO

Y, si había mensajes, había comunicación.

LUCCA

Sí. Unidireccional, pero sí.

CUERVO

Y, por tanto, tenía que haber un emisor.

Una pausa. No hay respuesta.

Señor Esparza.

LUCCA

Sí. Sí, claro. Alguien estaba lanzando aquellos mensajes. «Lanzando» no sé si es la palabra, pero ya me entienden. Me acuerdo de que se hizo una encuesta… a nivel europeo, creo. Casi el 80 por ciento de la gente, el setenta y mucho, estaba convencida de que era un proyecto militar.

HALCÓN

Un arma biológica.

LUCCA

Eso es. Tengan en cuenta que seguíamos sin saber por qué se activaba aquel gen. ¿Había algo en el aire? ¿En el agua? ¿En la comida? Nadie tenía ni idea de cuál podía ser el disruptor endocrino, dónde estaba. Por más que buscaban, y estaba medio mundo buscándolo, no encontraban nada. Así que a alguna gente la teoría del arma biológica no le sonaba totalmente descabellada. Las apuestas estaban entre Estados Unidos, China y Rusia. Los tres lo negaron, pero qué iban a hacer. Si creas algo así y te descubren, no vas a admitirlo.

Evocación: ráfagas de cámaras de fotos.

PRESIDENTE DE EE. UU.

(*Evocación, en inglés americano.*) Es totalmente falso que este gobierno esté detrás de la epidemia de STG. El pueblo estadounidense está sufriendo las consecuencias de esta enfermedad como el resto de los países del mundo. Quienes difunden estos rumores pretenden hacer daño a América, y no vamos a tolerarlo.

LUCCA

(*Sobre la voz anterior.*) No sé si recuerdan aquella compa-
recencia del presidente de Estados Unidos negándolo todo.
Diciendo que ni siquiera sabían cómo se podía hacer algo
así, que no se podían insertar mensajes en el ADN. ¿La recuerdan?

GAVIOTA

Sí.

LUCCA

La cuestión es que eso no era verdad.

GAVIOTA

¿No?

LUCCA

No, ¡claro que sabían hacerlo! No soy un experto en genética, para eso tienen… Hay gente que les puede hablar con más
propiedad de esos temas, pero hacía años que existían herramientas de edición genética. Estaba el CRISPR, que se usaba
exactamente para eso, para escribir ADN a medida. Que los
americanos soltaran aquella falacia en público no ayudó. Al
revés, dio munición a los conspiranoicos. Pensaron: «Si nos
engañan con esto, ¿por qué no van a estar engañándonos con
todo lo demás?». Hasta se manifestaron.

*Evocación: una manifestación multitudinaria. Se corea,
en italiano «Vogliamo la verità».*

En Roma hubo una manifestación enorme. Se convocó por
redes sociales. La gente se saltó el confinamiento, estaba todo

el mundo harto ya. La policía intentó dispersarlos, pero no hubo manera.

Fin de la evocación.

CUERVO

Entiendo que usted no se tomaba en serio aquella posibilidad.

LUCCA

¿Que fuese un arma biológica?

CUERVO

Sí.

LUCCA

No. No.

CUERVO

¿Por qué?

LUCCA

Era demasiado enrevesado. ¿Para qué crear un arma que despierta un gen atávico que provoca fiebre y problemas respiratorios? Hay formas muchísimo más fáciles de matar a la gente, no hace falta dar tantas vueltas para eso.

GAVIOTA

Pero, si no era un desarrollo militar, ¿qué podía ser? ¿Qué pensaba usted en aquella época?

Cuerpo se agita incómodo en la silla.

LUCCA

Bueno, pues es que… Podían ser muchas cosas.

Se manipulan unos papeles.

CUERVO

Tenemos aquí un artículo que escribió en julio de 2025.

LUCCA

¿Sí?

CUERVO

Lo publicó en su *site*.

LUCCA

¿De dónde lo han sacado? Creí que se había perdido todo.

CUERVO

No todo.

LUCCA

Vaya, pues… Me alegro. ¿Puedo echarle un ojo?

CUERVO

Tiene una copia en esa carpeta.

Una carpeta se desliza sobre una mesa.

LUCCA

Ah. No sabía que era para mí.

La carpeta se abre. Un par de folios se manipulan.

LUCCA

«Una hipótesis sobre el STG». Sí, me imaginaba que iba a ser esto.

Unas gafas se abren.

CUERVO

Permita que le lea un párrafo. El tercero de la segunda página.

Se pasa una página.

(*Lee.*) «Partiendo del hecho evidente de que hay una inteligencia tras los mensajes codificados en los genes problema, no deberíamos rechazar hipótesis menos conservadoras que las propuestas hasta el momento. ¿Y si esa inteligencia que trata de comunicarse con nosotros lo estuviese haciendo desde otro plano de la realidad? ¿Y si esta extraña, improbable, manera de comunicación a través de lo que podríamos llamar escritura genética es la única puerta que tienen para llegar a nosotros? ¿Y si estamos ante el primer contacto con un ente extradimensional?».

Un folio se apoya en la mesa.

Esto lo escribió usted.

LUCCA

Sí.

CUERVO

¿Podría explicarnos a qué se refería con «ente extradimensional»?

LUCCA

(*Divertido.*) Pues la verdad es que no tengo ni idea.

CUERVO

¿Se le ha olvidado?

LUCCA

No, quiero decir que no tengo ni idea ahora, pero tampoco
la tenía entonces. Solo estaba especulando. Era mi *site*, no una
publicación científica. Solo intentaba abrir un poco las… las
puertas de lo posible. Imaginarme otros escenarios, ¿no? ¿Por
qué no?

HALCÓN

¿Recuerda cómo fue recibido el artículo?

LUCCA

Yo ni lo llamaría artículo.

HALCÓN

El texto, llámelo como quiera.

LUCCA

Tuvo una cierta difusión, no mucha. Me escuchaban porque
era el tipo que había descubierto el código, pero no creo que

nadie se lo tomase muy en serio. Por lo menos, al principio, cuando lo publiqué.

CUERVO

Y, sin embargo, parece encajar con lo que descubrió después.

LUCCA

Yo no diría tanto. Creo que... (*Ríe.*) Francamente, no sé si algo encaja con lo que descubrí más tarde.

GAVIOTA

Hablemos de ello. (*Enarbola el folio.*) Fue poco después de la publicación de este texto.

LUCCA

Unos meses después. A finales de año. Partió de una idea muy sencilla, lo piensas ahora y dices: «¿Cómo no se nos ocurrió antes? ¿Cómo no se le ocurrió a nadie más?». El caso es que ahí... (*Ríe sin ganas. Luego deja de reírse abruptamente.*) Ahí fue cuando empecé a asustarme.

CUERVO

¿Por qué dice eso?

LUCCA

Me di cuenta de que estábamos ante algo importante. Importante ya era, claro, no digo que no, pero... Me refiero a importante en términos... No sé. En términos cosmológicos.

GAVIOTA

¿Cómo dio con ello?

LUCCA

Se me ocurrió convertir las ocho mil ciento veintiocho configuraciones del gen problema en lenguaje binario. Ceros y unos. Salieron unos números larguísimos, inmanejables. Los metimos en la supercomputadora del ███████, la conectamos a internet y escribimos un algoritmo que buscaba esos mismos códigos en cualquier parte, donde fuese, por toda la red.

GAVIOTA

Minería de datos.

LUCCA

Sí, pero a una escala como jamás se había hecho.

HALCÓN

¿De dónde sacó esa idea?

LUCCA

No sabría decirle. Supongo que se me ocurrió sin más.

HALCÓN

¿Sin más?

LUCCA

(*Divertido.*) Como a Wegener con los continentes.

GAVIOTA

Pero usted intuía que podía haber algo ahí. Si no, no lo habría hecho.

LUCCA

Intuía que podía haber algo, pero no sabía qué. Y, desde luego, nada ni remotamente parecido a lo que encontramos. Aquello era como buscar una aguja en un pajar infinito. *A priori* parecía una pérdida de tiempo. Seguramente por eso nadie lo había hecho antes. Implicaba monopolizar una computadora de millones de euros para una tarea que se consideraba ridícula en un momento en que las supercomputadoras estaban muy requeridas, mucho.

CUERVO

Si tan imposible era descubrir algo, ¿cómo explica que ustedes lo encontraran?

LUCCA

Porque no era imposible, claro. Solo era muy muy improbable. (*Divertido.*) Hay una sutil pero enorme diferencia matemática. La clave fue el *deep learning*.

GAVIOTA

Inteligencia artificial.

LUCCA

Sí. Al mismo tiempo que el algoritmo buscaba, aprendía. Iba aprendiendo. Se enfrentaba a una cantidad inconmensurable de datos, pero, a medida que fracasaba, aprendía de sus errores y eso le servía para afinar la búsqueda. Convirtió los códigos binarios que le habíamos introducido en representaciones tridimensionales, en coordenadas espaciales y temporales. Eso le permitió buscar aquellos ocho mil ciento veintiocho códigos binarios en las imágenes indexadas en Google.

Evocación: amalgama caótica de músicas y voces en distintos idiomas.

Luego dio un paso más allá y empezó a buscarlos también en archivos de sonido y en vídeos. Es algo técnico y... No resulta fácil de explicar sin tener una base de matemáticas computacionales y criptografía, pero les puedo decir que hasta nosotros estábamos asombrados.

GAVIOTA

¿Cuánto tardó en dar con algo?

LUCCA

Seis días. A los seis días, de pronto, teníamos cincuenta y dos coincidencias.

Fin de la evocación.

CUERVO

Es decir...

LUCCA

Es decir, que el algoritmo había encontrado alguno de los ocho mil ciento veintiocho códigos binarios en cincuenta y dos sitios distintos.

HALCÓN

¿Sitios?

LUCCA

Textos, imágenes, audios…

HALCÓN

¿Recuerda alguno de esos sitios?

Evocación: las «Variaciones Goldberg» de Johann Sebastian Bach.

LUCCA

No creo que los olvide en la vida. (*Pausa, toma aire.*) Los encontró en las «Variaciones Goldberg» de Bach. En la «Novena sinfonía» de Beethoven. En tres fachadas góticas. En una obra de Leonardo da Vinci. En un cuadro de Jackson Pollock. En las pinturas rupestres de la isla de Sulawesi. (*Una breve pausa.*) Puedo seguir, si quieren.

CUERVO

Señor Esparza, para que no haya ninguna duda, ¿quiere decir que esas obras contenían… mensajes?

LUCCA

Mensajes cifrados en el mismo idioma que hablaba el gen problema. Sí.

HALCÓN

¿Cómo…? Quiero decir, ¿cómo se expresaban esos códigos en lugares tan distintos?

LUCCA

De diferentes maneras. En las catedrales góticas era un mapa tridimensional formado por los elementos ornamentales de la portada. En la composición de Bach tenía la forma de flujos de relaciones geométricas dentro de la partitura. Los códigos se hallaban a la vista en todas partes, pero estaban cifrados. La única manera de encontrarlos, de poder verlos, era tener una potencia de cálculo y unas herramientas de inteligencia artificial como las que teníamos nosotros. Solo cinco años antes habría sido imposible.

GAVIOTA

Ha mencionado unas pinturas rupestres.

LUCCA

Las de Sulawesi, sí, en Indonesia.

GAVIOTA

¿Cuándo se hicieron?

LUCCA

Según los paleontólogos, hace cuarenta y cuatro mil años.

GAVIOTA

¿Eso quiere decir...? ¿Qué quiere decir eso, señor Esparza?

LUCCA

Exactamente lo que están pensando. Que quienquiera que estuviese intentando comunicarse con nosotros llevaba haciéndolo desde los albores de la humanidad.

Capítulo 3

—

Hurones

No habéis sido hechos para vivir como las bestias,
sino para adquirir virtud y conocimiento.

Dante Alighieri

La audiencia se celebra en la sala de un palacio con paredes y suelo de mármol, ante una mesa de madera maciza. Los tres miembros de la comisión, CUERVO, HALCÓN *y* GAVIOTA, *están sentados uno al lado del otro. Disponen de papeles y material de escritura.*

La sesión se graba en una antigua cinta de bobina abierta. El grabador se encuentra en la misma sala, no lejos de la mesa. Hay dos micrófonos: uno para ÁFRICA, *la compareciente de esta sesión, y otro que comparten los tres miembros de la comisión.*

GAVIOTA

Sesión 451. Compareciente: África Toral Barrera. Señora Toral, ¿acepta voluntariamente participar en la Comisión de la Memoria?

ÁFRICA

Qué remedio.

Una pausa.

GAVIOTA

¿Acepta voluntariamente o no?

ÁFRICA

No sé si «voluntariamente» es la palabra.

HALCÓN

¿Sugiere que ha sido presionada?

ÁFRICA

Esos matones de ahí fuera me han estado persiguiendo durante una semana.

CUERVO

¿Los militares?

ÁFRICA

Lo que sean.

GAVIOTA

No podemos grabar su declaración si no da su consentimiento explícito.

ÁFRICA

Entonces no me pregunten.

GAVIOTA

Tenemos que hacerlo.

HALCÓN

Señora Toral, nadie tiene ganas de perder el tiempo. Si quiere marcharse, está en su...

ÁFRICA

(*Interrumpe.*) Estoy aquí, ¿no?

> *Una pausa.*

Sí. Acepto.

GAVIOTA

Le informamos de que esta sesión va a ser grabada, transcrita y archivada para futuras consultas.

ÁFRICA

(*Insolente.*) Genial.

CUERVO

Cuéntenos a qué se dedicaba usted en 2026.

ÁFRICA

Trabajaba como indagadora para la Organización de las Naciones Unidas.

GAVIOTA

Pónganos en contexto. Díganos qué eran, a qué se dedicaban... Por qué fueron instaurados.

ÁFRICA

En 2025 se supo que el STG no lo provocaba un virus. Se
descubrió que despertaba un gen dormido, el gen problema,
y que tenía ocho mil ciento veintiocho combinaciones distintas. ¿Hace falta que me detenga en esto?

CUERVO

Céntrese en su trabajo. ¿Por qué creó la ONU el cuerpo de
indagadores?

ÁFRICA

Es lo que intentaba decir. Se descubrió que esas ocho mil
ciento veintiocho variantes del gen problema eran palabras.
Y se llegó a la conclusión, bastante obvia por otra parte, de
que, si alguien estaba mandando esos mensajes, estaría esperando una respuesta.

CUERVO

Alguien.

ÁFRICA

Eso he dicho.

CUERVO

¿En quién se pensaba entonces?

ÁFRICA

(*Suspira.*)

No hay respuesta.

CUERVO

Señora Toral…

ÁFRICA

Había distintas hipótesis.

GAVIOTA

Pero habría una dominante.

ÁFRICA

Lo saben perfectamente.

GAVIOTA

Nos gustaría oírlo de usted.

ÁFRICA

Extraterrestres. Se pensaba en extraterrestres.

HALCÓN

¿Por qué?

ÁFRICA

Todos los países negaron que aquello fuese cosa suya. Primero se sospechó de China, después de Rusia, de Estados Unidos, y luego de Israel. Pero no tenía mucho sentido porque… Si diseñas un arma bilógica, lo haces para matar gente, no para escribir «arriba» con genes, ¿me explico?

CUERVO

Que no fuera un experimento militar no implicaba que fuese de origen extraterrestre.

ÁFRICA

Ya les he dicho que había muchas hipótesis. La edición genética no era algo... No es que estuviese al alcance de cualquiera, pero tampoco requería un gran equipo. Unos cuantos genetistas con algo de dinero podían arreglárselas en un laboratorio pequeño. Yo lo llamaba «la teoría del doctor Moreau», no sé si conocen la historia. Es una novela, creo, y una película. La vi de cría. Un tío, un científico loco, se esconde en una isla para hacer sus experimentos genéticos y la cosa se va de madre.

GAVIOTA

¿Se pensaba que el STG podía ser obra de un científico loco?

ÁFRICA

Se pensaba en bioterroristas, que supongo que es la versión moderna de los científicos locos.

HALCÓN

¿Qué interés tendría un grupo terrorista en, como usted ha dicho, escribir «arriba» con genes?

ÁFRICA

¿Quién sabe lo que piensan los terroristas? No lo sé. Pero era eso o dar por buenas cosas todavía más... extravagantes. Como que unos hombrecillos del espacio exterior nos alteraban el ADN a distancia.

CUERVO

¿Cómo acabó usted trabajando para la ONU?

ÁFRICA

Buscaban gente y me presenté.

Se manipulan unos papeles.

CUERVO

Tenemos entendido que, por entonces, su padre era… (*consulta un papel*) secretario de Estado de Seguridad.

ÁFRICA

Sí, pero no me cogieron por eso. La ONU buscaba un perfil que era prácticamente imposible. Y resulta que yo encajaba.

CUERVO

¿Qué perfil?

ÁFRICA

Multidisciplinar. Los indagadores debían tener formación en virología, matemáticas y lingüística. Además, buscaban gente que no tuviese hijos ni pareja. «Arraigo» lo llamaban. No querían arraigo. Yo estaba graduada en Matemáticas y Biología, tenía un máster en virología y, cuando me contrataron, estaba en tercero de Filología hispánica. No tenía pareja y ahí todavía… (*Carraspea conteniendo la emoción.*) Todavía no era madre.

HALCÓN

Háblenos de los indagadores. La ONU nunca dejó muy claro qué eran.

ÁFRICA

Se supone que no tenía que estar claro. Se supone que la gente de la calle tenía que saber lo mínimo. La ONU tenía un grupo de trabajo centrado en el STG. A finales de 2025 crearon una subdivisión que se llamaba, lo digo en español, Panel de los Indagadores.

GAVIOTA

Donde estaba usted.

ÁFRICA

No. El Panel era un grupo de personas en Nueva York. Ellas fueron quienes me contrataron, a mí y al resto. En España éramos ocho. Cada país tenía unos cuantos, muy pocos.

CUERVO

¿En qué consistía su trabajo?

ÁFRICA

Básicamente tenía que buscar mensajes concretos en muestras de genes problema.

GAVIOTA

¿No era lo que estaba haciendo todo el mundo? Los científicos, quiero decir.

ÁFRICA

Los científicos estaban en sus laboratorios buscando mensajes generales. Nosotros, los indagadores, nos movíamos sobre el terreno en busca de mensajes específicos. Palabras que significasen algo concreto, algo... inequívoco.

HALCÓN

¿Algo como qué?

ÁFRICA

Algo como «Hola, terrícolas, os escribimos de Marte». Algo como «Alá es grande».

CUERVO

Señora Toral...

ÁFRICA

(*Interrumpe.*) Doctora Toral. Firmé una cláusula de confidencialidad.

CUERVO

Que ya no es vinculante. La liberamos de su compromiso.

ÁFRICA

(*Cínica.*) ¿Me liberan de mi compromiso? ¡Estupendo! ¿Con base en qué?

HALCÓN

Ante nosotros puede y debe contarlo todo con independencia de lo que firmase en su día. El mundo ha cambiado.

ÁFRICA

Sí. Ha cambiado.

HALCÓN

Ayúdenos.

Pausa. Una silla cruje, alguien se recoloca.

ÁFRICA

Ya les he dicho que en España éramos ocho. Nuestra identidad era secreta por razones de seguridad. Y no me pidan que les dé nombres porque ni nos conocíamos entre nosotros.

HALCÓN

¿Por qué tanta seguridad?

ÁFRICA

Teníamos acceso a mucha información. Información delicada. Manejábamos toda clase de datos. En 2025, cuando todo empezó a complicarse de verdad, la privacidad... Digamos que pasó al segundo plano en las prioridades de todo el mundo. Aun así, la ONU era bastante escrupulosa.

HALCÓN

Entiendo.

ÁFRICA

Cada indagador tenía asignada una zona. Un cuadrante. Solo trabajábamos en el cuadrante que nos correspondía, no podíamos meternos en otro. Yo estaba en el nordeste, cuadrante 4, Cataluña, Aragón, País Vasco y Navarra. Vivía en Pamplona, en un piso que me había puesto la ONU. Me montaron un laboratorio allí dentro.

Evocación: sonidos de un sofisticado equipo de química y otro electrónico.

No había visto una cosa así en mi vida.

Evocación: la puerta de una casa se cierra, pasos se acercan.

Al llegar, había un americano esperándome.

ESTADOUNIDENSE

(*Evocación, de fondo, en inglés.*) Bienvenida, doctora Toral.

ÁFRICA

Estuvo dándome formación durante una semana.

HALCÓN

¿Era militar?

ÁFRICA

No lo sé.

CUERVO

¿Recuerda su nombre?

ÁFRICA

No lo dijo y yo no pregunté.

CUERVO

¿Estuvo una semana con él y no le preguntó su nombre?

ÁFRICA

Eso es.

Pausa.

Fin de la evocación.

HALCÓN

¿Para qué servía ese equipo?

ÁFRICA

Para analizar y procesar los mensajes codificados en el gen problema.

GAVIOTA

¿De dónde salían las muestras?

ÁFRICA

De pacientes elegidos dentro de cada cuadrante, cada uno del suyo. La diferencia con lo que hacían los laboratorios privados y algunos públicos es que yo iba a ver a esos pacientes. Los observaba. A veces, si podía, charlaba un rato con ellos.

HALCÓN

Sin decirles a qué se dedicaba.

ÁFRICA

Sí. Me hacía pasar por una turista o por una periodista o lo que fuese.

GAVIOTA

¿No habría sido más fácil hacer todo eso públicamente? Sin tanto secretismo.

ÁFRICA

Más fácil, seguro. Lo que pasa es que al principio hubo varias agresiones.

HALCÓN

¿Al principio?

ÁFRICA

Cuando los indagadores empezaron a actuar en Estados Unidos su identidad era pública. Y tuvieron problemas.

Evocación: golpes y gemidos, dos hombres dan una paliza a un tercero.

A un chico le dieron una paliza, lo dejaron en coma.

Fin de la evocación.

GAVIOTA

¿Quién?

ÁFRICA

Gente. Conspiranoicos. Chiflados. Llámelos como quiera.

GAVIOTA

¿Grupos organizados?

ÁFRICA

Generalmente sí.

GAVIOTA

¿Qué argumentaban?

ÁFRICA

Cuando te pegan, no se argumenta mucho.

GAVIOTA

Algo reclamarían. ¿Por qué los atacaban?

ÁFRICA

Nos veían como ladrones de datos genéticos. Y algo de razón tenían, supongo. Teníamos el ADN de millones de personas. No solo los genes problema, nos daban el código genético completo de toda esa gente. O sea, que la ONU se estaba haciendo con una base de datos genéticos global. Eso era nuevo. Y potencialmente peligroso.

GAVIOTA

¿En qué sentido?

ÁFRICA

Bueno, si un gobierno dispone del mapa genético de toda su población, puede… Podría teóricamente, y subrayo lo de teóricamente, hacer cosas que solo afecten a un grupo concreto de ciudadanos. A un solo ciudadano, incluso. Fueron esas personas, los conspiranoicos, quienes nos pusieron el mote a los indagadores.

GAVIOTA

«Hurones».

ÁFRICA

Sí.

Evocación: un hurón escarba en una montaña de basura.

Se supone que los hurones escarban en la basura para alimentarse. Venía de ahí. Y caló, como saben. Hoy ya nadie se acuerda de que nos llamábamos indagadores. Para todo el mundo éramos los hurones.

Fin de la evocación.

CUERVO

¿Usted se consideraba una ladrona?

ÁFRICA

Obviamente no. Era una investigadora. Hacía mi trabajo.

GAVIOTA

¿Tuvo usted problemas con esos grupos?

ÁFRICA

No. En España no eran tan violentos como en otros países. Los compañeros de Francia sí que tuvieron problemas. A mí lo único que me pasó fue… Una noche vinieron a verme unos tíos. Militares.

HALCÓN

¿Españoles?

ÁFRICA

Sí, claro.

Evocación: se aporrea una puerta. Unos pies descalzos se acercan. Una puerta se abre.

Serían como las once o así. Aporrearon la puerta, me pidieron que me vistiera y me sacaron de allí.

Fin de la evocación.

HALCÓN

¿Por qué?

ÁFRICA

La dirección de aquel piso estaba circulando por las redes sociales. No sé cómo pudieron enterarse, yo no había hablado con nadie. Me sacaron volando y desmontaron el laboratorio.

HALCÓN

¿Y luego?

ÁFRICA

Me instalaron en otro sitio.

Evocación: ambiente de montaña de los Pirineos.

Una casa aislada, en Navarra también, casi en los Pirineos. Se supone que allí sería más difícil que alguien me encontrase.

GAVIOTA

¿Eso no la desanimó?

ÁFRICA

¿El qué?

GAVIOTA

Que la aislaran. Saber que estaba en peligro.

ÁFRICA

Al contrario. Esas cosas me estimulaban.

Fin de la evocación.

CUERVO

Doctora Toral. A pesar de esa clandestinidad de la que nos habla, lo cierto es que su nombre acabó haciéndose público.

ÁFRICA

Sí...

CUERVO

Imaginará que es la razón por la que ha sido citada ante esta comisión. Y la razón por la que esos militares de ahí fuera hayan sido tan persuasivos con usted.

ÁFRICA

(*Cínica.*) «Persuasivos».

CUERVO

Nos interesa especialmente su relato de ciertos hechos.

HALCÓN

Hemos oído distintas versiones de lo que pasó. Pero su perspectiva, como protagonista, es particularmente valiosa.

ÁFRICA

(*Suspira.*) Quieren que les cuente cómo di con el sitio.

HALCÓN

Sí.

ÁFRICA

Y me garantizan que nadie me pedirá cuentas después.

CUERVO

¿Quién iba a hacerlo?

ÁFRICA

Que yo sepa, la ONU sigue existiendo.

HALCÓN

La ONU es una de las impulsoras de los Comités de la Memoria. A todos los efectos, nosotros somos la ONU.

ÁFRICA

Pues no lo parecen. Parecen tres personas con una grabadora vieja. Además, si ustedes trabajan para la ONU, o son la ONU, o como quieran decirlo, saben perfectamente lo que pasó.

GAVIOTA

Pero usted lo vivió. Usted lo hizo. Necesitamos su testimonio.

ÁFRICA

(*Cínica.*) Para la posteridad, ¿no? (*Pausa, duda.*) ¿Saben lo que más me molesta? Que dijeron que fue suerte. Y una mierda. Estuve un año buscando mensajes. Revisé miles de muestras. Miles.

> *Evocación: se manipulan papeles, se presionan teclas de ordenador, una silla de oficina con ruedas se desliza sobre un suelo de madera.*

Trabajaba día y noche, no tenía otra cosa que hacer, no podía volver a casa ni visitar a mis padres. No fue casualidad ni fue suerte. Fue el resultado de muchísimo trabajo.

HALCÓN

Razón de más para que nos lo cuente.

Fin de la evocación.

ÁFRICA

Ya...

Pausa. Se tamborilea con los dedos en la mesa.

Pasó en esa casa que les he dicho. Estaba en el culo del mundo.

Evocación: ambiente de montaña de los Pirineos.

Desde la ventana veía los Pirineos. Eso ya era Francia. Aunque yo analizaba muestras de todo el cuadrante, las que mejor me pillaban eran las de la gente que vivía por allí alrededor, claro.

Evocación: ambiente interior de un coche circulando por una montaña en los Pirineos. Toma una curva, la marcha se reduce.

Había varios pueblos de montaña que tenía a cuarenta minutos en coche como máximo. Las carreteras eran un asco, pero merecía la pena. Esos pueblos tenían una incidencia altísima de STG, nadie sabía por qué. Eso quería decir que había mucha densidad de mensajes por algún motivo, así que decidí concentrarme en ellos a ver qué encontraba. Y... encontré algo.

Fin de la evocación.

CUERVO

¿Dónde?

ÁFRICA

En un pueblito, uno muy pequeño.

*Evocación: pueblito de montaña. Un perro ladra a lo
lejos. Una fuente vierte agua.*

Se llama ███████. Está al lado de un embalse. Me enviaron
las muestras de cuatro pacientes de allí. Dos jóvenes y dos
mayores, dos mujeres y dos hombres. Mientras transcodifi-
caba sus genes problema, porque eso llevaba un tiempo, me
pasé por el pueblo. Sabía que uno de los enfermos era el due-
ño del bar, lo ponía en su ficha, así que fui al bar.

*Evocación: ambiente interior de bar de pueblo. Una
máquina tragaperras, la cafetera en marcha.*

Él estaba en casa, aislado, pero pude hablar con su mujer. Le
conté que era periodista, que estaba escribiendo... no sé, sobre los efectos de la epidemia en la zona o algo así.

CUERVO

¿Por qué visitaba a esa gente?

Fin de la evocación.

ÁFRICA

Era parte de mi trabajo, ya se lo he dicho. De hecho, era más,
era el corazón de mi trabajo. Los indagadores éramos intér-
pretes. Para interpretar un texto, necesitas conocer el contexto.

CUERVO

Y los enfermos eran el contexto.

ÁFRICA

Exactamente. El caso es que los genes problema de esos pacientes, los de ███████, tenían una misma palabra en común. Era una de las que ya estaban traducidas. «Norte».

CUERVO

¿Los cuatro tenían esa palabra?

ÁFRICA

Sí, todas las muestras, las cuatro.

CUERVO

Bien. Siga.

ÁFRICA

Mmm. Aquí tengo que entrar en una cuestión… semántica. Por entonces, no teníamos ni idea de lo que se intentaba comunicar con aquellos mensajes. ¿Eran descripciones o eran… órdenes? ¿Eran pistas? ¿Se me estaba diciendo que aquello era el norte o que buscase algo al norte de ese punto? Si era lo primero, si quería decir que aquello era el norte, ¿el norte de qué? El pueblo estaba en los Pirineos, norte de España, pero sur de Francia y de Europa. Hemisferio norte. ¿Ven lo que quiero decir? El problema en este trabajo, lo complicado, era interpretar correctamente los mensajes. Entender el contexto, todos los contextos posibles. Por eso teníamos que visitar los sitios, hablar con la gente… Cuanta más información tuviésemos, mejor podríamos entender los mensajes.

GAVIOTA

Entonces ¿le sirvió de algo viajar hasta allí?

ÁFRICA

Sí, pero no por lo que encontré en el pueblo.

Evocación: ambiente interior de un coche circulando por una montaña en los Pirineos.

Mientras volvía a la casa, vi que había otro pueblo, también pequeñito, no muy lejos. Lo vi desde la carretera, por la ventanilla del coche. En su momento no me paré porque no me interesaba, pero luego me di cuenta de una cosa. Ese pueblo estaba al norte de ███████.

Fin de la evocación.

GAVIOTA

¿Tenía muestras de pacientes de ese pueblo?

ÁFRICA

No, pero las pedí. No recuerdo qué población tendría, doscientas personas o así. Igual ni eso. Solo dos vecinos se habían infectado de STG. Y ninguno de ellos había contagiado a nadie, ni siquiera a sus familiares. Eran las cosas que tenía aquel virus.

HALCÓN

Estamos habituados al comportamiento del STG, hemos hablado con muchos expertos en la materia.

ÁFRICA

¿Sara Cobo?

HALCÓN

Entre otros. ¿La conoce?

ÁFRICA

La he estudiado. Me crucé con ella una vez, pero no puede decirse que la conozca.

CUERVO

Prosiga, por favor.

ÁFRICA

Bueno, transcodifiqué los genes problema que me mandaron, los de aquel otro pueblito, y encontré un mensaje, el mismo en las dos muestras. Decía: «Sur».

CUERVO

¿No ha dicho que ese pueblo estaba al norte de ██████?

ÁFRICA

Lo estaba. El mensaje del norte decía «Sur» y el del sur decía «Norte». Lo contrario de lo que debería ser, salvo... Salvo que no fuesen descripciones, sino órdenes. Salvo que el mensaje del sur me estuviese diciendo «Busca al norte» y el del norte «Busca al sur». Como ven, no fue una cuestión de suerte.

GAVIOTA

Nosotros no creemos que su descubrimiento fuese cuestión de suerte, doctora Toral.

ÁFRICA

Quiero que quede claro.

HALCÓN

¿Qué decisión tomó una vez hubo traducido esos mensajes?

ÁFRICA

La única posible.

Evocación: ambiente interior de un coche circulando por una montaña en los Pirineos.

Cogí el coche y me puse a dar vueltas por aquellas montañas, entre █████████ y el otro pueblo. Estarían a veinte kilómetros el uno del otro, pero es una zona de bosques con carreteras muy muy complicadas.

HALCÓN

En aquel momento había mapas satélites en internet. ¿Por qué no los usó?

ÁFRICA

Fue lo primero que hice, pero allí la vegetación es muy cerrada, no hay nada que no sean árboles. Las fotografías de satélite eran muy generales, solo se veían manchas de verde. Estaba claro que no había ningún pueblo grande porque se hubiese visto en los mapas, pero no sabía si habría uno pequeño. Una aldea, a lo mejor. O una sola casa, eso podía ser.

CUERVO

Y fue a comprobarlo por sí misma.

ÁFRICA

Sí. Desde el coche no se veía nada, pero eso tampoco quería decir que no hubiese algo.

Evocación: ambiente interior de un coche que se detiene. Freno de mano.

Así que aparqué en un arcén y me... interné en el bosque.

Evocación: ambiente de un bosque en los Pirineos. La puerta de un coche se cierra.

GAVIOTA

Sola.

ÁFRICA

¿A quién iba a llamar?

Fin de la evocación.

CUERVO

Por lo que nos ha narrado, entiendo que los hurones contaban...

ÁFRICA

(*Interrumpe.*) Indagadores.

CUERVO

Perdone. He creído entender que los indagadores tenían apoyo de los militares.

ÁFRICA

Si lo dice por mi traslado… ¿Lo dice por eso?

CUERVO

Sí.

ÁFRICA

Eso fue excepcional. Fue, yo creo, porque pensaban que me iban a atacar esa misma noche y alguien movió unos hilos. Técnicamente, los indagadores no podíamos recurrir a nadie externo, ni militares ni policía ni nada. Si necesitábamos algo, teníamos un teléfono de contacto, la coordinadora del panel en España, que estaba en Madrid. Pero, bueno, esto solo era… No me pareció que mereciese una llamada. Solo quería echar uno ojo.

> *Evocación: ambiente de bosque muy cerrado. Lluvia contra los árboles y algún trueno distante. Pasos sobre tierra empapada.*

CUERVO

Tenemos entendido que se perdió.

ÁFRICA

Sí. Se puso a llover y luego no supe salir del bosque.

GAVIOTA

Hemos hablado con el hombre que la encontró.

ÁFRICA

¿Sigue vivo?

GAVIOTA

Sí.

ÁFRICA

Me alegro.

Fin de la evocación.

GAVIOTA

Según él... Permita que lea su declaración.

Se manipulan unos papeles.

ÁFRICA

¿Lo han traído aquí?

GAVIOTA

Sí.

ÁFRICA

¿Por qué? Solo era un guardabosques.

HALCÓN

Hablamos con mucha gente.

ÁFRICA

¿Es para saber si les miento?

HALCÓN

Hablamos con mucha gente, doctora Toral.

CUERVO

Como entenderá, ese bosque donde usted se perdió nos interesa mucho. A nosotros y al mundo entero.

GAVIOTA

El guardabosques… (*Manipula un papel.*) Quizá lo recuerde, se llama Íñigo León.

ÁFRICA

Claro que me acuerdo.

GAVIOTA

Le leo un fragmento de su declaración.

Unas gafas se abren.

Dice… (*Lee.*) «Encontré a la señora África Toral hecha un ovillo junto a un árbol justo cuando empezaba a oscurecer».

ÁFRICA

No estaba hecha un ovillo.

GAVIOTA

Un miembro de este comité le pregunta: «¿Cómo se encontraba?». Respuesta: «Mal. Tenía hipotermia y signos de deshidratación. Le di agua y la cubrí con mi chaqueta allí mismo. Me dijo que llevaba perdida cuatro horas».

ÁFRICA

Más bien cinco.

Un papel se deposita sobre la mesa.

CUERVO

¿Adónde la llevó Íñigo León?

ÁFRICA

Ya lo saben. Se lo ha contado, ¿no?

CUERVO

Cuéntenoslo usted.

Evocación: ambiente interior de un todoterreno circulando por una montaña en los Pirineos. Llueve con fuerza, la lluvia contra el techo y la luna. Los limpiaparabrisas encendidos.

ÁFRICA

Me llevó al hospital de ███. Tardamos un buen rato, más de una hora, y aproveché para preguntarle si había algo entre ███████ y el otro pueblo, una aldea o lo que fuese, algo que no hubiese visto. Me dijo que no. Lo único que había allí era la casa donde él vivía. La casa del guardabosques.

HALCÓN

¿Estaba enfermo?

ÁFRICA

Él creía que no, me dijo que no, pero yo sabía que tenía que estarlo. Estaba completamente segura de que los mensajes me estaban llevando a él. «Norte», «sur»... Y, justo en medio, su casa, donde solo vivía él. No podía ser casualidad.

Fin de la evocación.

Un papel se manipula.

GAVIOTA

Permita que le lea otro fragmento de la declaración del señor León. (*Carraspea.*) Un miembro de esta comisión le pregunta: «¿Cómo se presentó la señora Toral ante usted?».

ÁFRICA

Vale, sí.

GAVIOTA

Respuesta: «Me dijo que estaba de vacaciones por la zona, pero no me lo creí. No llevaba el equipo necesario para moverse por esas montañas y tampoco tenía actitud de turista. Pero no la presioné. No se encontraba bien y la dejé en paz». Pregunta: «¿Descubrió usted a qué se dedicaba realmente la señora Toral?». Respuesta: «Sí». Pregunta: «¿Cómo lo descubrió?». Respuesta: «Me lo dijo ella misma, unos días después». Pregunta: «Esa información era secreta. ¿Por qué se la confesó?». Respuesta: «La señora Toral y yo...». Permanece en silencio unos segundos. «La señora Toral y yo nos vimos después de aquel incidente».

ÁFRICA

No hace falta que siga.

El papel se deposita en la mesa. Las gafas se pliegan y se apoyan en la mesa.

GAVIOTA

¿Mantuvo una relación con el señor León?

ÁFRICA

¿Eso es muy relevante para su… investigación?

HALCÓN

En cierto aspecto, sí.

Una pausa.

ÁFRICA

No, no mantuve una relación con él. Pero me dio su número de teléfono y lo llamé al día siguiente. Me llevó al sitio donde vivía, la casa del guardabosques. Ese día, él ya tenía tos. Estaba clarísimamente enfermo. Decía que era por la mojadura que cogió por mi culpa, pero yo sabía que no era eso. Era STG.

Evocación: ambiente interior de una cabaña de madera en mitad de un bosque.

La tercera vez que nos vimos le conté a qué me dedicaba. Le dije que era una indagadora, que estaba investigando por allí.

HALCÓN

Algo que tenía estrictamente prohibido.

ÁFRICA

Confiaba en él.

HALCÓN

¿Eso lo decidió usted?

Fin de la evocación.

ÁFRICA

Suelo decidir yo misma en quién confío, sí.

CUERVO

¿Le tomó una muestra de ADN ese día?

ÁFRICA

Lo dice como si se lo hubiese robado mientras dormía.

CUERVO

¿No lo hizo?

ÁFRICA

No, claro que no. Se lo pedí y él me dejó.

HALCÓN

¿Por qué no lo solicitó a sus superiores como tendría que haber hecho? A ese contacto que ha dicho en Madrid.

ÁFRICA

Mi técnica era bastante más rápida.

GAVIOTA

Deje que lea las palabras del señor León.

ÁFRICA

No hace falta.

Se manipulan unos papeles.

GAVIOTA

Será solo un minuto. Pregunta: «¿Le explicó la señora Toral para qué necesitaba una muestra de su ADN?». Respuesta: «Me dijo que estaba a punto de descubrir algo y creía que yo era la clave». Pregunta: «¿La creyó usted?». El declarante hace una pausa y responde: «La señora Toral era una mujer peculiar».

ÁFRICA

Vaya.

GAVIOTA

(*Lee.*) «Ni siquiera estaba seguro de que me estuviese diciendo la verdad. No sabía si era una hurona o solo se lo hacía. Pero me dio un poco igual. En la montaña se está muy solo y siempre viene bien algo de compañía».

ÁFRICA

¿Esto lleva a alguna parte?

CUERVO

Escuche, por favor.

GAVIOTA

Pregunta: «¿Le reveló la señora Toral lo que encontró en su muestra de ADN?». Respuesta: «No». Pregunta: «¿Le dijo que había usted contraído el STG?». Respuesta: «No. No pudo porque no volví a verla. La llamé y la escribí, pero nunca respondió».

Evocación: un puño aporrea una puerta de madera.

«Dos semanas después, mientras estaba en la cama, aparecieron allí un montón de militares y gente con trajes de biocontención. Me metieron en una ambulancia, aunque no me encontraba mal. Tenía algo de tos, nada más».

Evocación: las puertas traseras de una ambulancia se cierran.

«Ni siquiera dejaron que me vistiera. No me informaron de nada. Solo me dijeron que tenía que marcharme de allí inmediatamente».

Los papeles se depositan en la mesa.

¿Es eso correcto, doctora Toral?

ÁFRICA

La primera parte sí. Me llamó y me escribió. La segunda, lo de los militares, no lo sé. Yo no estaba allí ni tuve nada que ver.

HALCÓN

Algo tendría que ver. (*Agita el papel.*) Esto lo provocó usted.

ÁFRICA

Yo me limité a comunicarle a mi superior lo que había encontrado. Lo que pasó luego fue decisión suya. A mí nadie me informó de nada. Me enteré por la prensa.

CUERVO

Díganos, doctora Toral. ¿Qué encontró en el gen problema del señor Íñigo León?

ÁFRICA

Un mensaje.

HALCÓN

Eso ya lo imaginamos. Pero ¿qué decía ese mensaje?

ÁFRICA

(*Suspira.*)

HALCÓN

Doctora...

ÁFRICA

«Aquí». Decía... «Aquí».

CAPÍTULO 4

—

La Cábala

Los límites de mi lenguaje son los límites de mi mundo.

LUDWIG WITTGENSTEIN

La audiencia se celebra en la sala de un palacio con paredes y suelo de mármol, ante una mesa de madera maciza. Los tres miembros de la comisión, CUERVO, HALCÓN y GAVIOTA, están sentados uno al lado del otro. Disponen de papeles y material de escritura.

La sesión se graba en una antigua cinta de bobina abierta. El grabador se encuentra en la misma sala, no lejos de la mesa. Hay dos micrófonos: uno destinado a GAEL, el compareciente de esta sesión, y otro que comparten los tres miembros de la comisión.

A una cierta distancia, los goznes de una puerta chirrían.

GAEL

(*En la distancia.*) ¿Hola?

GAVIOTA

¿Señor Altuna?

GAEL

(*En la distancia.*) Sí.

GAVIOTA

Adelante, pase.

La puerta se cierra. Pasos se acercan sobre el suelo de mármol.

Siéntese ahí, por favor.

Una silla se desliza cerca del micrófono.

GAEL

(*A una cierta distancia del micrófono.*) Gracias. Quería decirles que...

GAVIOTA

(*Interrumpe.*) Hable al micrófono, por favor.

GAEL

Sí, perdón.

Silla se desliza ligeramente sobre suelo de madera.

(*Carraspea.*) No, decía que... apoyo lo que están haciendo. Quería decírselo. Creo que es importante que se sepa lo que pasó. Lo que pasó de verdad, quiero decir. Se dicen muchas cosas por ahí, y, cuando la gente no tiene información, acaba creyéndose cualquier cosa.

HALCÓN

Gracias.

GAVIOTA

Antes de nada, tenemos que registrar su aceptación.

GAEL

Claro. Sin problema.

GAVIOTA

Sesión 453. Compareciente: Gael Altuna López. Señor Altuna, ¿acepta voluntariamente participar en la Comisión de la Memoria?

GAEL

Sí.

GAVIOTA

Le informamos de que esta sesión va a ser grabada, transcrita y archivada para futuras consultas.

GAEL

Bien. Bien.

Se manipulan varios papeles.

CUERVO

Señor Altuna... Díganos a qué se dedicaba usted en la primera mitad del año 2027.

GAEL

Era *Deputy Secretary General* de la Organización para la Cooperación y el Desarrollo Económicos.

CUERVO

Secretario general adjunto.

GAEL

Eso es.

Se pasan páginas.

CUERVO

Cargo que, si nuestros datos son correctos, abandona ese mismo año.

GAEL

En diciembre, sí, correcto.

CUERVO

¿Por qué?

GAEL

Bueno... (*Divertido.*) Recibí una oferta mejor.

CUERVO

Explíquese.

GAEL

Me llamaron para ofrecerme un puesto importante, de perfil internacional, relacionado con… la crisis del STG.

HALCÓN

¿Quién lo llamó?

GAEL

La vicepresidenta del Gobierno, la señora Nieto.

HALCÓN

¿La conocía usted?

GAEL

Sí, me había reunido con ella un par de veces, por asuntos de la OCDE.

CUERVO

¿Qué le dijo en esa llamada?

GAEL

Nada, me citó a una reunión.

CUERVO

¿No le preguntó usted para qué era?

GAEL

Me adelantó que era por algo relacionado con el proyecto de los Pirineos.

GAVIOTA

Háblenos de eso. ¿En qué fase estaba el proyecto por entonces?

GAEL

Bueno, se había encontrado el mensaje unos... diez meses antes. El famoso «Aquí» del guardabosques. Lo que iba a hacerse ya estaba claro, lo que no estaba tan claro era cómo se iba a pagar todo aquello y cómo se iban a repercutir los cargos. Entre los distintos países, me refiero.

HALCÓN

¿Qué le ofreció la vicepresidenta en esa reunión?

GAEL

Bueno, antes de nada, tengo que aclarar que en la reunión no estaba solo la señora Nieto.

Evocación: seis personas reunidas en un despacho. Papeles, tazas que se mueven, cucharillas que revuelven, un teclado...

Había cuatro personas más: un general español, uno estadounidense, una mujer de la OMS, estadounidense también, y un alemán que no habló prácticamente. Y, en respuesta a su pregunta, como ya he dicho, lo que me ofrecieron fue un puesto.

Fin de la evocación.

CUERVO

¿Cuál?

GAEL

Site Management and Buildings Head. Que básicamente era responsable de la gestión de la obra mientras durase, y luego, cuando el centro arrancase ya, algo así como jefe de edificios. «De infraestructuras» lo llamaríamos nosotros.

CUERVO

Pero usted no tenía experiencia científica, ¿me equivoco?

GAEL

No, no se equivoca. Soy abogado. O era abogado, ya no sé. Mi experiencia estaba en la gestión y en relaciones internacionales, que era lo que precisaba el puesto en realidad. El centro ya tenía una dirección científica, que era ese alemán que les he dicho, el que no hablaba.

CUERVO

¿Aceptó inmediatamente?

GAEL

Ni me lo pensé. Firmé al día siguiente.

GAVIOTA

Ha mencionado dos fases.

GAEL

Sí.

GAVIOTA

Centrémonos en la primera, la de las obras. ¿En qué consistía su trabajo exactamente?

Evocación: obras a gran escala en un entorno natural (Pirineos). Cientos de obreros trabajando con maquinaria pesada.

GAEL

Tenía que supervisar todas las tareas y recursos de la construcción. Hay que tener en cuenta que aquello era… mastodóntico. Se pretendía levantar la mayor instalación científica del mundo, mucho más grande que el superacelerador de partículas de Ginebra, mucho más grande que el ITER. Y había que hacerlo en un año y unos meses.

HALCÓN

¿Por qué?

GAEL

Era el plazo acordado por la comunidad internacional. En menos tiempo era virtualmente imposible.

HALCÓN

Bien. Siga.

GAEL

No sé si quieren que entre en detalles técnicos.

HALCÓN

Denos una visión general.

GAEL

A ver… El complejo tenía un presupuesto de partida de mil doscientos millones de euros, que luego subió a mil seiscientos y después a mil ochocientos. Y, aun así, les digo que fue barato. Casi todas las subcontratas eran chinas, no tanto por el precio, como se dijo en su día, sino porque los chinos fueron los únicos que entregaron un pliego razonable. Tenían experiencia construyendo en tiempos muy cortos, muy muy cortos, y, como les he dicho, esa era la prioridad. La Cábala tenía que acabarse en plazo sí o sí.

HALCÓN

Parémonos aquí un momento.

Fin de la evocación.

Hablemos del nombre. La Cábala.

GAEL

(*Ríe.*) Sí. Eso tiene su historia, sí. Supongo que ya la conocen.

HALCÓN

La oiremos de nuevo.

GAEL

Empezó como una broma. En el proyecto había muchos países implicados. Los desarrollados y algunos de los otros. Eso quiere decir distintas culturas, diferentes costumbres... Todo había que convenirlo primero. Y todo es todo. Desde el tamaño de los dormitorios hasta los menús o el color de la señalética... No digamos ya el nombre, claro, imagínense. Lo de La Cábala salió muy al principio. Fue una broma del jefe científico de los israelíes.

Evocación: dos manos escriben en un teclado.

Lo metió en la lista con los demás nombres que se barajaban. En teoría solo tendríamos que haberlo visto unas pocas personas, los responsables, pero...

Evocación: notificación sonora de correo entrante.

Acabó enterándose todo el mundo.

CUERVO

Explíquenos el sentido de la broma.

GAEL

Verán, la cábala es una interpretación mística del judaísmo.

Evocación: canción tradicional hebrea en yiddish.

Es... Algunos les dirían otra cosa, pero la verdad es que se trata de una práctica esotérica. Sus seguidores utilizaban distintos sistemas para analizar mensajes en la Torá. Mensajes supuestamente ocultos, que están ahí, en el texto, pero no se pueden ver a simple vista. Uno de los sistemas que utilizaban, el más popular, se llamaba... gematría, si no recuerdo mal. Se basa en la conversión de las veintidós letras del alfabeto hebreo en números. El álef, por ejemplo, la primera letra de su alfabeto, corresponde al uno. De ahí la broma. Lo que iba a hacerse en esa instalación era una especie de ejercicio cabalístico, solo que a gran escala.

CUERVO

Entiendo.

GAEL

A eso se sumaba que uno de los libros fundamentales de la cábala, el más importante después de la Torá, lo escribió un español. *El Zohar*. Es como si todo encajase: lo que íbamos a hacer y dónde íbamos a hacerlo.

Fin de la evocación.

CUERVO

Pero La Cábala no estaba solo en suelo español.

GAEL

No, es verdad, estaba la mitad en suelo español y la mitad en suelo francés. Por eso España y Francia pudieron imponer tantos cargos intermedios, por cierto. Se beneficiaron, o nos beneficiamos, de nuestra posición geográfica.

HALCÓN

Volviendo al nombre…

GAEL

Sí.

HALCÓN

La Cábala… o The Cabala no fue el elegido.

GAEL

No. No, claro que no. Era una broma, ya les digo. Habría ofendido a muchos israelíes seguramente. Se optó por algo más institucional: Great Transcription Center. Pero, que yo sepa, nadie lo llamó así jamás. Era lo que ponía en la puerta, pero, en cuanto los medios de comunicación oyeron lo de La Cábala, ya se quedó para siempre. A los de arriba los llevaban los demonios con eso, pero… (*Divertido.*) Es lo que hay.

GAVIOTA

Pasemos a su inauguración.

GAEL

El 13 de marzo de 2029. Lo tengo grabado a fuego porque era exactamente el día previsto. (*Orgulloso.*) Ni un día nos retrasamos.

Se manipulan unos papeles.

GAVIOTA

Hemos entrevistado a varias personas que trabajaron allí desde el principio. Científicos, algún técnico… Nos han dado algunos datos, pero es probable que usted pueda precisar más. Nos han dicho que trabajaban unas dos mil personas.

Evocación: una multitud en un gran espacio interior. Muchos idiomas.

GAEL

El día de la inauguración, dos mil doscientas cuarenta y tres. Luego se aumentó el personal hasta los dos mil quinientos setenta y tres. El tope de capacidad era de dos mil novecientos, pero nunca lo alcanzamos.

GAVIOTA

Porque los científicos vivían allí, ¿verdad?

Fin de la evocación.

GAEL

Todos. Todos vivíamos allí. Estaba en mitad de las montañas, en la nada.

Evocación: ambiente de montaña. Una fuerte tormenta de nieve, con mucho viento.

El día de la inauguración cayó una nevada tremenda. Horroroso. Muchos periodistas ni siquiera pudieron llegar. Se alcanzaron los quince grados bajo cero. Me acuerdo de que temíamos por los manifestantes. Pensábamos que se iban a congelar todos ahí fuera.

Fin de la evocación.

CUERVO

Hablemos de esos manifestantes. ¿Cuántos eran?

GAEL

Bueno, no los conté, pero al principio serían unos... cien, aproximadamente.

Evocación: ambiente de alta montaña. Un centenar de personas corean: «Get out!».

Con el tiempo se les unieron muchos más. Dormían allí mismo, fuera, en tiendas de campaña. No sé cómo no se congelaron ese día, de verdad se lo digo.

HALCÓN

¿Contra qué protestaban?

GAEL

Contra nosotros. Contra La Cábala. Contra lo que iba a hacerse allí.

Fin de la evocación.

CUERVO

¿Y cómo diría usted, con sus palabras, lo que se hacía allí?

GAEL

A ver… El objetivo de La Cábala era encontrar la manera de comunicarse con quien estuviese mandando los mensajes. Los hurones ya habían hecho su papel. Seguirían todavía unos años más, pero vaya… A esas alturas estaba más que claro que los genes problema eran mensajes, y que esos mensajes significaban algo. Lo que se pretendía hacer en La Cábala era… establecer comunicación.

HALCÓN

¿Y qué era lo que preocupaba a esos manifestantes?

GAEL

Todo. Les preocupaba todo. Había toda clase de gente, desde
los que creían que el STG era un arma biológica hasta los que
pensaban que teníamos extraterrestres allí metidos. Ya ve.
O que íbamos a abrir un portal interdimensional, como en la
película aquella. Luego, más tarde, se sumaron también los
ecologistas. Decían que los mensajes eran de la madre Tierra,
y que... Básicamente que no había razón para intentar comunicarse con ella. Lo que había que hacer era dejar de conta-
minar y, con eso, todo resuelto.

HALCÓN

Nos han hablado de incidentes violentos.

GAEL

Sí.

HALCÓN

De los manifestantes.

GAEL

Sí. No hubo muchos, pero... Sí.

HALCÓN

¿Nos puede referir alguno?

*Evocación: pedradas contra una pared. Una piedra atra-
viesa un cristal grande.*

MANIFESTANTE FURIOSO

(Evocación.) Get out! Get out!

GAEL

Una vez empezaron a tirar piedras contra las instalaciones. Rompieron algunos cristales, poco más.

CUERVO

¿Por qué lo hicieron? Quiero decir, ¿hubo algún motivo concreto más allá de la animadversión que sentían por el centro?

Fin de la evocación.

GAEL

A ver, esto fue ya a mediados de año, creo recordar. Con los ecologistas, precisamente. Y que quede claro que no tengo nada en contra de ellos, de verdad que no, pero es que...

CUERVO

No necesita justificarse en esta comisión. Basta con que nos cuente su perspectiva de los hechos.

GAEL

Bien. Fue cuando se enteraron de que teníamos animales dentro.

GAVIOTA

¿En La Cábala?

GAEL

Sí.

GAVIOTA

¿Qué animales?

GAEL

Ratones. Ovejas. Simios pequeños.

Evocación: cinco camiones grandes circulando despacio por el monte. En su interior, balidos de ovejas y gritos de monos apenas intuidos.

Un día, esta gente, los que estaban concentrados fuera, vio los camiones que nos los traían. Eran unos convoyes enormes. Y, claro, oyeron a los animales. Eso era responsabilidad mía, lo de los convoyes. Entraba dentro de la competencia de infraestructuras. Muchas cosas entraban en mi competencia: los laboratorios, los servicios esenciales, el personal... En fin, muchas cosas.

CUERVO

¿Qué pasó?

Fin de la evocación.

GAEL

Se volvieron locos. Los manifestantes, digo.

Evocación: pedradas contra camiones y contra paredes.

(Evocación.) Murderers!

Gael

Primero lanzaron piedras contra los camiones. Luego, ya se lo he dicho, contra el complejo. Convocaron a la prensa y alguno hasta dijo que estábamos haciendo... sacrificios rituales. En fin, locuras. Locuras.

Fin de la evocación.

Halcón

¿Por qué no explicaron claramente lo que hacían dentro de La Cábala?

Gael

Ya se lo he dicho, cada pequeña decisión tenía que ser acordada por todos los países miembro. La burocracia era horrible, así que siempre se llegaba a acuerdos de mínimos. ¿Qué se va a hacer público? Pues lo mínimo. En La Cábala una parte del personal era civil y otra más pequeña militar, pero todos teníamos que mantener secreto absoluto. Ni una palabra a nadie, ni siquiera a familiares. Teníamos una jefa de prensa francesa muy solvente, Suzette, Suzette Masson. Ella hacía lo que podía, pero... Francamente, en lo que concierne a esta gente de la que hablamos, a estos ecologistas, daba igual lo que dijese. Esa gente ya nos había juzgado y condenado.

Halcón

¿Qué dijeron exactamente?

GAEL

¿Sobre los animales?

HALCÓN

Sí.

Evocación: ambiente de una concurrida rueda de prensa. Cámaras de fotos y rumor de periodistas.

SUZETTE MASSON

(*Evocación, en francés.*) Negamos tajantemente que en este centro se aliente o se permita la crueldad animal. Nuestros procesos son muy exigentes y están alineados con los protocolos que se siguen en todos los laboratorios del mundo.

GAEL

(*Sobre el texto anterior.*) No recuerdo las palabras exactas, pero… Algo así como que tenían propósito experimental. La verdad. Sin entrar en detalles, pero la verdad.

Fin de la evocación.

CUERVO

Sabe que este tribunal depende de la Organización de las Naciones Unidas y que puede usted contar cualquier cosa, con independencia de las cláusulas de confidencialidad que firmase en su día.

GAEL

Sí.

CUERVO

¿Lo sabe?

GAEL

Lo sé, lo sé.

CUERVO

Entonces entremos en detalles. Díganos qué hacían con esos animales exactamente.

GAEL

(*Suspira.*) Muy bien. Pero hay que volver… Tendríamos que volver al objetivo de la instalación. El objetivo de La Cábala. Ya les he dicho que el trabajo de los científicos que estaban allí era dar con una manera de responder a aquellos mensajes encontrados en los genes problema.

GAVIOTA

Sí.

GAEL

Había varias hipótesis al respecto, sobre todo al principio. Varias líneas de trabajo. Pero enseguida se impuso una que todo el mundo, yo no soy científico, pero todo el mundo pensaba que era la más acertada.

Una pausa.

CUERVO

Adelante, desarróllela.

GAEL

No sé si soy la persona más indicada para eso. Mis conocimientos de ciencia no son suficientes para…

CUERVO

(*Interrumpe.*) Hemos hablado con científicos que trabajaron en La Cábala. Ahora queremos oír su versión.

GAEL

Como quieran. (*Toma aire, reflexiona un momento.*) Digamos que… Se determinó que la comunicación, un proceso comunicativo pleno en los términos a los que nosotros aspirábamos, solo es viable si se maneja el mismo conjunto de signos. No solo el mismo idioma, sino también los mismos signos. Los técnicos decodificaban los mensajes que recibíamos, los traducían a unos y ceros, que era lo que entendían nuestros ordenadores. Pero el signo original no era ese, ¿entienden? El signo original eran cadenas de ADN. O, más bien, una ordenación determinada de las cuatro bases nitrogenadas: adenina, citosina, guanina y timina. Esas cuatro letras colocadas de determinada manera en una cadena de ADN formaban un total de ocho mil ciento veintiocho palabras. Traducirlo a lenguaje binario nos permitía entender los mensajes, pero no era suficiente para comunicarnos. Necesitábamos hablarlo. Aprender a hablar ese idioma. Manejarnos con sus signos. Les he mencionado antes al director científico, el alemán que estaba en mi primera reunión.

HALCÓN

Sí.

GAEL

Se llamaba… o se llama, no sé si sigue vivo…, Jens Seehofer.
Un hombre brillante. Él decía que… Comparaba todo aquello con el proceso de aprendizaje de un bebé. Los bebés entienden un idioma antes de hablarlo. Primero lo oyen y su
cerebro empieza a entenderlo poco a poco.

Evocación: un bebé balbucea.

Luego, al año, año y medio, es cuando se lanzan a decir sus
primeras palabras. «Mamá», «papá», «agua»… Lo que sea.
Cuando se inauguró La Cábala, ya se habían cumplido cinco
años desde el primer brote de STG, aquel en la isla griega, y
seguíamos siendo bebés… afásicos. Incapaces de decir una
sola palabra.

Fin de la evocación.

HALCÓN

¿Y qué tenían que ver los animales con todo eso?

GAEL

A eso voy, pero es importante… Hay que entender la misión
del centro para poner las cosas en contexto y no…

HALCÓN

(*Interrumpe.*) Bien. Siga.

GAEL

Estaba claro que teníamos que aprender a hablar mediante
los genes. Eso planteaba dos preguntas y no eran nada fáciles,
ninguna de las dos. Primero, cómo lo hacíamos. Cómo se

hacía eso. Y, segundo, a quién se lo decíamos. Empecemos por la segunda. Quienquiera que estuviese mandando esos mensajes lo estaba haciendo a escala planetaria y sin ton ni son, como ya saben. Hoy aquí, mañana allá. En este país, pero no en el otro. En este bloque de edificios, pero no en el de al lado. Primero se pensó que había una intencionalidad en eso, luego que no.

GAVIOTA

¿Que no había intencionalidad?

GAEL

No en el sentido que nosotros pensábamos. Aquella aleatoriedad no significaba nada por sí misma. Lo único que buscaba era llamar nuestra atención.

GAVIOTA

No entiendo.

GAEL

Si hubiese… Piénselo, si el STG hubiese tenido un patrón… vamos a llamarlo normal, similar al de un virus cualquiera, no habríamos indagado hasta el punto que indagamos. El mundo entero, la comunidad científica, se habría volcado en buscar una vacuna, como pasó en 2020, y en nada más. Pero aquella falta de patrón, aquella dispersión sin sentido, fue lo que hizo que los científicos se dijesen: «Espera un momento, ¿qué pasa aquí? Esto no es normal, esto no se parece a los demás virus que hemos visto, ¡no se parece a nada!». Y entonces descubrieron el gen problema. Descubrieron que llevaba dormido desde el… no sé, el Pleistoceno, y que algo lo activaba, como si fuese un disparador natural, el famoso disruptor endocrino que seguimos sin saber qué es o qué fue. Se descubrió que ese gen adoptaba ocho mil ciento veintiocho configuraciones distintas, ni una más ni una menos, y que esas configuraciones aparecían en obras de arte y en edificios y en... cuevas prehistóricas. Fuimos paso por paso por todos esos descubrimientos, cada uno nos llevó al siguiente, pero todo empezó por una pandemia sin sentido, por un virus incoherente que ni siquiera era un virus. Fue un cebo, ¿entienden? Una forma de decirnos...

GAVIOTA

Profundizad más.

GAEL

Eso es. Profundizad más, investigad más, mirad más lejos, esforzaos. Era como si se nos estuviesen dejando miguitas de pan para llevarnos a donde se supone que teníamos que llegar. Como entrar en una cueva donde nunca había entrado nadie. Y no había entrado nadie porque todavía no teníamos las herramientas necesarias, no las habíamos inventado. Tuvo que llegar el siglo XXI, el año 2025, para que las desarrolláramos y, entonces sí, entonces por fin... aprendimos a leer.

HALCÓN

Pero no hablábamos de leer. Hablábamos de hablar.

GAEL

Y lo que les acabo de contar es la clave. Se llegó a la conclusión de que el emisor podía, de algún modo, comunicarse con todo el mundo, con el planeta entero. No había fronteras, no tenía ninguna limitación, ni temporal ni espacial. Él o ellos o lo que fuese podría emitir desde cualquier parte en cualquier momento. Pero ¿dónde podía escuchar? ¿Había un sitio concreto?

HALCÓN

El mensaje del guardabosques.

Evocación: ambiente de bosque bajo la lluvia.

CUERVO

«Aquí».

GAEL

Exacto. Aquel guardabosques vivía en una casa en mitad de la nada, en plena naturaleza. Lo que ese mensaje nos estaba diciendo era «Habladme aquí, juntaos aquí y comuniquémonos». Por eso se construyó La Cábala. Decíamos que era un centro científico, pero esa solo era la mitad de la historia. En realidad, y sobre todo, era un centro de comunicaciones. La radio más cara de la historia. Y la colocamos donde se nos pidió.

GAVIOTA

¿Y por qué elegir un sitio tan… hostil? Casi inaccesible, en mitad de las montañas.

GAEL

No lo sé. Nadie lo sabe. (*Ríe entre dientes.*) En las películas habría escogido Nueva York, ¿no es verdad? Sí, seguro. Pero, bueno, el caso es que eligió los Pirineos. A lo mejor por eso mismo, porque era inaccesible. ¿Quién sabe?

Fin de la evocación.

CUERVO

Bien, está claro desde dónde comunicarían su mensaje, pero queda la otra cuestión. ¿Cómo hacerlo?

GAEL

Eso es, sí, ahí está la gran pregunta. ¿Cómo hablar en su mismo idioma, con sus mismos signos? Y ahí es donde los animales desempeñaban su papel.

CUERVO

Adelante. Cuéntenoslo todo.

GAEL

Justo en el centro de La Cábala, exactamente donde estuvo la casa del guardabosques, en esas mismas coordenadas, se construyó el Domo. Lo llamábamos así, el Domo. Era una bóveda construida en una aleación de micelio y grafeno. Estaba aislada por completo del resto del complejo.

Evocación: una pesada puerta metálica se abre acompañada de un ruido de despresurización.

Solo tenía una puerta, y solo había doce personas con permiso para entrar, todos científicos.

HALCÓN

¿Qué hacían ahí dentro?

GAEL

Ahí... Se metía a los animales. No a todos, claro. Solo a los portadores de mensajes.

HALCÓN

Explíquese.

GAEL

A principios de siglo se había implementado una herramienta de edición genética. CRISPR se llamaba. Básicamente es o era una forma de… escribir en los genes. Recortar, copiar y pegar, como si fuese un editor de texto, igual. Al principio tenía sobre todo aplicaciones médicas. Después de la pandemia de 2020, el CRISPR evolucionó mucho. Y se abarató. Como toda tecnología, acabó democratizándose. Escribir ADN se volvió más fácil y más rápido. En La Cábala estaban los mejores editores genéticos del mundo. Los mejores. Su trabajo consistía en escribir mensajes dentro de los animales.

CUERVO

¿Cómo?

GAEL

Les vuelvo a decir que no soy científico. Hay gente que…

HALCÓN

(*Interrumpe.*) Usted estaba allí.

Una pausa.

GAEL

Lo que hacían era meter el gen con el mensaje en células madre embrionarias. Luego introducían esas células en las blástulas de las hembras.

HALCÓN

¿Blástulas?

GAEL

Una de las primeras fases del embrión.

GAVIOTA

¿Esas hembras estaban preñadas?

GAEL

Sí. Era imprescindible, tenían que estar preñadas.

CUERVO

¿Por qué?

GAEL

Lo desconozco. Sé que se intentó con hembras no fecundadas y también con machos, pero había… efectos secundarios indeseables.

HALCÓN

¿Qué hacían con esos animales después de insertarles los mensajes?

GAEL

Los metían en el Domo.

Silencio incómodo.

GAVIOTA

¿Qué pasaba allí?

Evocación: una mona chilla angustiada. Su grito rever-
bera contra paredes metálicas.

GAEL

Se los dejaba atados y monitorizados hasta que recibíamos
una respuesta.

HALCÓN

¿Cómo se expresaba esa respuesta?

GAEL

A través de la enfermedad. Los animales contraían STG.

HALCÓN

¿Allí dentro, en el Domo?

GAEL

Sí.

CUERVO

¿Cómo sabían ustedes que habían contraído el STG?

GAEL

Por la fiebre.

Fin de la evocación.

El primer síntoma del STG, se acordarán, era una fiebre altísima. Una de las cosas que se controlaba era la temperatura.

GAVIOTA

¿Y qué hacían cuando pasaba eso, cuando detectaban que les subía la fiebre?

Evocación: una pesada puerta metálica se abre con un sonido de descompresión. Una camilla se mueve empujada por dos personas. Amarrada a ella, una mona chilla.

GAEL

Se sacaba a los animales del Domo, se les tomaba una muestra genética y se descodificaba el gen problema.

GAVIOTA

Y leían la respuesta.

GAEL

Sí.

Fin de la evocación.

GAVIOTA

Se comunicaron.

GAEL

Sí. Conseguimos hablar a través de escritura genética.

GAVIOTA

¿Cuándo supo usted lo que pasaba en el Domo?

GAEL

Desde el principio. Desde antes. Yo fui el responsable de su construcción.

HALCÓN

¿Recuerda cuándo recibieron la... primera respuesta?

GAEL

(*Divertido.*) Como si fuera ayer. Pero no se piensen que... ¿Saben esas imágenes de la NASA, cuando el Apolo 11 se posa en la Luna y, en Houston, todo el mundo se pone a aplaudir y a abrazarse?

GAVIOTA

Sí.

GAEL

Pues no se pareció en nada a eso. (*Ríe.*) Fue más bien... Les diría que fue justo al revés. Me acuerdo del silencio. Cuando se corrió el rumor por La Cábala de que había una respuesta y de que no era un error, que la respuesta tenía sentido, fue como si... Todo el mundo empezó a hablar más bajo. Y comenzó a trabajar más duro, eso también.

HALCÓN

¿No estaban contentos?

GAEL

¡Claro que sí! Estábamos contentísimos, pero aquello nos
sobrepasaba. Por lo menos, es la sensación que tenía entonces,
la que teníamos todos, creo yo. Notábamos... (*Una risa.*)
Podría decirse que notábamos la presión de la historia.

CUERVO

¿Sabían ya con quién estaban hablando?

GAEL

¿Cuándo? ¿En ese momento?

CUERVO

Sí.

GAEL

No. No, en absoluto.

HALCÓN

¿Por qué no se lo preguntaron? ¿Por qué no le preguntaron
«¿Quién eres?»? ¿O «¿Qué eres?»?

GAEL

Eso se acabó haciendo, ya lo saben, pero no al principio. Se
empezó por cosas mucho más sencillas. Más... manejables.

CUERVO

¿Por ejemplo?

GAEL

Nosotros decíamos «Arriba» y se nos respondía «Abajo». Ese fue el primer intercambio de mensajes. Muy sencillo, pero... Bueno, como un niño que aprende a hablar, ¿no? Igual. Estuvimos así un tiempo, con pruebas, con ajustes. Sin complicar mucho las cosas. Recuerdo una vez que metieron a cinco monas juntas, al mismo tiempo.

> *Evocación: el chillido de cinco monas. Sus gritos reverberan contra paredes metálicas.*

Todas menos una llevaban mensajes. Uno decía «Uno», otro «Dos», otro «Tres» y otro «Cuatro». La única que contrajo STG fue la que no tenía mensaje. Se analizó el gen problema y resultó que decía «Cinco». Luego se pasó a las fórmulas. El teorema de Pitágoras, la ley de la gravedad, la ecuación de onda... Se introducían incompletas, sin una constante o sin la incógnita, y se nos devolvían completadas. Fue un gran éxito.

> *Fin de la evocación.*

CUERVO

Bien, ¿y cuándo preguntaron con quién hablaban?

GAEL

A los tres meses de empezar a comunicarnos. Algo más, pero no llegó a cuatro. Aunque no se preguntó así, no se preguntó con quién hablábamos, eso hubiese sido muy complicado en aquel momento.

CUERVO

¿Y cómo lo hicieron?

GAEL

Solo dijimos: «Tú».

HALCÓN

«Tú».

GAEL

Sí.

CUERVO

Y hubo una respuesta.

GAEL

Inmediata. Otras veces, la respuesta tardaba un poco. La fiebre se manifestaba una o dos horas después de meter a los animales. Esta vez… El mensaje fue en una oveja.

Evocación: el balido de una oveja reverbera contra paredes metálicas.

Se la ató, se la monitorizó y, en cuanto se cerró el Domo, los indicadores se volvieron locos. Cuestión de segundos.

HALCÓN

¿Estaba usted allí?

Evocación: el balido de la oveja, ahora a través de un amplificador electrónico.

GAEL

En la sala de control, sí. Estábamos todos los directores. Nadie se lo quería perder.

HALCÓN

Bien. Siga, por favor.

GAEL

El caso es que a la pobre oveja le empezó a subir la fiebre. Mucho. Pensamos que algo fallaba, que le habían puesto mal alguno de aquellos cables, pero no, qué va. Estaba todo bien. Menos la oveja, ella se puso... Empezó a vomitar, empezó a... En fin. Muy desagradable.

> *Evocación: una pesada puerta metálica se abre con un sonido de descompresión. Una camilla se mueve empujada por dos personas. En ella, la oveja bala angustiosamente.*

Así que la sacaron de inmediato. Le tomaron una muestra y, por supuesto, tenía STG. Pero aquí vino la sorpresa.

> *Fin de la evocación.*

Resultó que no tenía un solo gen problema, sino tres. Era la primera vez que veíamos algo así. Estaban los tres entrelazados en una misma cadena de ADN, seguidos.

GAVIOTA

¿Tres mensajes?

GAEL

Sí. Tres palabras. Una detrás de otra.

GAVIOTA

Una frase.

GAEL

Exacto.

CUERVO

¿Qué decía?

GAEL

Lo saben de sobra.

CUERVO

Nos gustaría oírlo de su boca.

GAEL

Decía $G = \infty$.

CUERVO

La fórmula.

GAEL

Sí.

CUERVO

¿Cuándo conoció usted ese mensaje?

GAEL

La directora general nos reunió a todos los directores y nos lo contó.

GAVIOTA

¿Recuerda el momento?

GAEL

Claro. Es el momento más importante de mi vida. Y, seguramente, uno de los más importantes de la humanidad. Claro que lo recuerdo.

GAVIOTA

¿Qué pensó entonces?

GAEL

Pensé que... Van a creer que me lo invento, que he construido recuerdos *a posteriori* por lo que pasó después, pero no. Les aseguro que, en ese preciso instante, tuve la sensación de que había algo peligroso en todo aquello. No podría decirles por qué, en ese momento no podría haber dicho qué era, porque no sabía qué significaba aquella fórmula. Ni yo ni nadie. «Ge igual a infinito». ¿Qué era eso? No lo sé, pero... (*Ríe.*) ¿Saben qué pensé? Es una tontería. No sé por qué se me ocurrió entonces, pero, al ver que realmente estábamos hablando con alguien o con algo... Que hacíamos preguntas y se nos respondía, que la humanidad había gastado todo ese dinero, mil ochocientos millones de euros, solo para tener esa conversación, pensé: «Ese judío acertó de pleno».

HALCÓN

¿Qué judío?

GAEL

El del correo electrónico. El que propuso el nombre de La Cábala. ¡Era perfecto! Era casi como si tuviese que llamarse así exactamente.

CUERVO

¿Por qué?

GAEL

Porque «cábala», en hebreo, significa «correspondencia».

CAPÍTULO 5

—

Genografía

Y dijo Dios: que surja Darwin.

Aldous Huxley

La audiencia se celebra en la sala de un palacio con paredes y suelo de mármol, ante una mesa de madera maciza. Los tres miembros de la comisión, CUERVO, HALCÓN y GAVIOTA, están sentados uno al lado del otro. Disponen de papeles y material de escritura.

La sesión se graba en una antigua cinta de bobina abierta. El grabador se encuentra en la misma sala, no lejos de la mesa. Hay dos micrófonos: uno destinado a XIANA, la compareciente de esta sesión, y otro que comparten los tres miembros de la comisión.

GAVIOTA

(*En voz alta, para que le oigan lejos.*) Hagan pasar a... Xiana...

Se mueve un papel.

(*En voz alta, para que le oigan lejos.*) Blanco, por favor. Xiana Blanco.

MILITAR

(*Lejos.*) Enseguida.

Pasos lejanos que salen de la estancia.

CUERVO

¿Agua?

GAVIOTA

Sí, gracias.

Se llenan dos vasos con una jarra.

HALCÓN

¿Está grabando?

GAVIOTA

Sí, lo acabo de comprobar. Tenemos cinta para una hora.

HALCÓN

Suficiente.

La jarra se apoya en la mesa.

Lejos, unos pasos entran en la estancia.

XIANA

(*Lejos.*) Buenas tardes.

GAVIOTA

¿Xiana Blanco?

XIANA

(*Lejos.*) Sí.

GAVIOTA

Pase, por favor. Cierre la puerta.

Una pesada puerta de madera se cierra. Pasos se acercan.
En la mesa, unos papeles se manipulan.

HALCÓN

(*Carraspea.*)

Una silla se desliza. Alguien se acomoda en ella.

CUERVO

Gracias por venir.

XIANA

De nada. ¿Puedo usar papeles?

HALCÓN

Puede usar lo que quiera, esto no es un juicio.

XIANA

Genial.

La cremallera de una mochila se abre.

No quiero olvidarme de nada.

Se extrae un cuaderno de la mochila y se coloca sobre la
mesa. Mientras:

GAVIOTA

Sesión 474. Compareciente: Xiana Blanco Garrido. Señora Blanco, para que quede constancia en la grabación, ¿acepta voluntariamente participar en la Comisión de la Memoria?

XIANA

Sí.

HALCÓN

Imaginará por qué la hemos citado.

XIANA

He dado por hecho que por mi trabajo.

HALCÓN

Usted trabajó en el Great Transcription Center.

XIANA

La Cábala, sí.

HALCÓN

Estaba en el equipo científico, ¿cierto?

XIANA

Es correcto, sí.

Evocación: interior de centro de investigación. Zumbido de fluorescentes, ventiladores de ordenadores, aire acondicionado.

Formaba parte del equipo con acceso al Domo, que era la bóveda central del complejo, donde se producía la comunicación.

CUERVO

Tenemos entendido que era la única española en ese grupo.

XIANA

Sí. Éramos doce en total repartidos en cuatro grupos de tres personas. Trabajábamos por turnos, seis horas diarias. En teoría, porque luego siempre era más. La idea era que los laboratorios no parasen nunca.

GAVIOTA

¿Trabajaban todos los días, de lunes a domingo?

XIANA

En La Cábala todo el mundo trabajaba todos los días. No había fines de semana ni festivos ni… nada.

Fin de la evocación.

CUERVO

¿Qué hacía usted exactamente?

XIANA

Era genógrafa.

CUERVO

Háblenos de eso, por favor. La genografía.

XIANA

Bueno, era una técnica que se desarrolló por aquellos años. Podríamos decir que fue fruto de la necesidad. Antes de eso yo era biotecnóloga. Trabajaba en la Universidad de A Coruña y teníamos... mi grupo había hecho varias publicaciones importantes. Trabajábamos en modificación genética. Transgénesis. Cuando se empezó a conformar el equipo científico de La Cábala, me llamaron.

GAVIOTA

¿Quién?

XIANA

El director científico, el doctor Jens Seehofer. Había leído un par de *papers* míos. Luego me enteré de que les habían impuesto una cuota de españoles.

CUERVO

¿Cree que la llamaron por ser española?

XIANA

No. Creo que me llamaron por ser muy buena en mi campo. Era solo un comentario.

CUERVO

Bien, prosiga.

XIANA

Yo estaba muy familiarizada con la edición genética, con CRISPR/Cas9 sobre todo, que era la herramienta más popular por entonces, y necesitaban gente de ese perfil.

GAVIOTA

Pero tenemos entendido que la genografía era algo muy… concreto.

XIANA

Sí, nos fuimos formando sobre la marcha. La genografía es básicamente la escritura a través de la edición genética. Por supuesto, es mucho más complejo que eso, pero esa sería la forma sencilla de decirlo. Al principio solo éramos capaces de escribir… Pues eso, «arriba», «abajo», los números, los colores… Las letras, A, B, C, D… Pero la comunicación requiere mucho más. Sobre todo si se quieren comunicar mensajes o preguntas más o menos complejas como se nos pedía a nosotros. Se podría decir que los genógrafos nos dedicábamos a dibujar jeroglíficos con los genes. Estoy simplificando mucho, insisto, pero creo que la analogía se entiende.

CUERVO

Tenemos entendido que había un número limitado de… palabras.

XIANA

Sí. Ocho mil ciento veintiocho.

CUERVO

Eso simplificaría su trabajo.

XIANA

No. Piensen que todos los idiomas tienen un número limitado de palabras. Y eso no impide que haya… dobles sentidos, por ejemplo. O figuras literarias. O juegos de palabras. El lenguaje es un constructo intelectual, no es como la naturaleza. La naturaleza, la evolución, elimina lo superfluo. El lenguaje no. Y con lo superfluo se pueden hacer muchas cosas, cosas que significan algo. Recursos que, usados de determinada manera, dentro de una conversación, en un contexto, revelan una intención, por ejemplo. Con el tiempo, encontramos muchos de esos recursos y aprendimos a usarlos. Descubrimos los palíndromos genéticos, genes que se leían igual en las dos direcciones. Y las rimas. Aprendimos a rimar ADN. Lo llamábamos resonancias genéticas. Que hubiese solo ocho mil ciento veintiocho palabras no quería decir que bastase con conocerlas. Hablar, comunicarse de manera eficiente, implica mucho más que saberse las palabras.

HALCÓN

Señora Blanco, esta comisión entrevistó hace unos meses a Gael Altuna, responsable de infraestructuras de La Cábala.

XIANA

¿Sigue vivo?

HALCÓN

Sí.

XIANA

¿Cómo está?

HALCÓN

Bien. Está bien.

XIANA

¡Cómo me alegro! (*Se emociona.*) Qué bien… (*Resopla para contener las lágrimas.*) Perdón. Perdón.

HALCÓN

¿Necesita un momento?

XIANA

No, no. Es que hace mucho que… Pensé que había muerto. (*Risa triste.*) No sé por qué. Suelo pensar que todo el mundo que conocí ha muerto. Es más… fácil. Perdón.

> *Se saca un pañuelo de tela del bolsillo, se enjuga las lágrimas.*

GAVIOTA

Podemos hacer un receso, si quiere.

XIANA

No, por favor. Ya está. (*Se recobra, carraspea.*) Ya está.

HALCÓN

Fue el señor Altuna quien nos recomendó que la buscásemos. Nos dijo que usted estuvo presente cuando se recibió la fórmula.

XIANA

Sí. Sí, eso pasó en mi turno. Una suerte. Fui una de las que la tradujo.

CUERVO

Hablemos de la fórmula. $G = \infty$.

XIANA

¿Qué quieren saber?

CUERVO

Usted tiene formación científica. ¿Qué le dijo aquello cuando lo recibieron?

XIANA

Nada. La verdad es que no me dijo nada. Ni a mí ni a nadie.

CUERVO

Pero supongo que la estudiaron.

XIANA

Sí, claro. Desde todos los ángulos posibles.

Evocación: rumor de voces en varios idiomas, manos en teclados, paseos nerviosos.

Todo el personal científico de La Cábala se puso a ello. Los matemáticos y los físicos sobre todo. Había lingüistas también, y también la estudiaron.

CUERVO

¿Recuerda alguna de las hipótesis que se barajaban por entonces?

XIANA

A ver… La segunda parte, el «igual a infinito», estaba claro, en eso no había dudas. La clave era la incógnita. Esa G. Había que saber qué representaba. Y podía representar muchas cosas.

HALCÓN

¿Por ejemplo?

XIANA

Bueno… En notación matemática, la G suele representar una función, pero eso no aclara nada. En física, la G se usa para representar la constante de gravitación universal. Aparece en la ley de gravitación universal de Newton y en la teoría general de la relatividad de Einstein. Pero también es el símbolo de fuerza, el de la energía libre de Gibbs y el de Gauss. En genética, la G representa la guanina, una de las cuatro bases del genoma. Están también las proteínas G, que transportan las señales celulares. Y, en bioquímica, la G representa la glicina. Podía ser cualquiera de esas cosas, aunque había bastante consenso en que lo más probable es que no fuese ninguna de ellas. ¿Qué sentido tenía, por ejemplo, «gravitación universal igual a infinito»? ¿O «guanina igual a infinito»? Ninguno. Era… No tenía sentido. Además había otro problema. Estábamos dando por hecho que la fórmula tenía solución.

CUERVO

¿Podía no tenerla?

XIANA

Claro. Una fórmula es un tipo concreto de ecuación, pero no todas las ecuaciones tienen solución. Y las hay que tienen más de una. (*Divertida.*) Era complicado.

Fin de la evocación.

Movimiento de papeles.

HALCÓN

Señora Blanco, la fórmula se hizo pública el 2 de septiembre de 2029.

XIANA

Sí.

HALCÓN

En el medio chino...

Un papel se manipula.

... *Renmin Ribao.*

XIANA

Sí.

HALCÓN

Tenemos entendido que su publicación no fue cosa de La Cábala.

XIANA

No, alguien la filtró.

HALCÓN

¿Tiene idea de cómo pudo pasar?

XIANA

No. Ni creo que nadie la tenga, salvo el periodista y quien lo filtrase, si es que siguen vivos. Tenga en cuenta que allí, en La Cábala, trabajábamos más de dos mil personas. Y les recuerdo que, por entonces, había móviles y portátiles y *wereables* y de todo. La gente llamaba a su familia a diario, se grababan vídeos, mensajes…. Teníamos cláusulas de confidencialidad leoninas, todos, hasta el personal de limpieza, pero no había manera de mantener un secreto.

GAVIOTA

¿Se tomó alguna medida tras la filtración?

XIANA

Sí. Empezaron a registrarse todas las comunicaciones.

GAVIOTA

¿Qué quiere decir «registrarse»?

Evocación: conversaciones telefónicas en distintos idiomas.

XIANA

Se grababan. Se grababa todo para que, si había otra filtración, se pudiese revisar esas comunicaciones.

GAVIOTA

¿Eso no violaba su intimidad?

XIANA

En teoría, la revisión la hacía una inteligencia artificial. Una vez encontraba lo que buscaba, borraba todo lo demás. En teoría.

Fin de la evocación.

CUERVO

El *Renmin Ribao* defendió la publicación alegando que la sociedad tenía derecho a saber lo que pasaba en La Cábala.

XIANA

Ya.

CUERVO

¿No pensaban hacerlo público?

XIANA

¿El qué? ¿La fórmula?

CUERVO

Sí.

XIANA

No lo sé. Quiero decir que... Eso no era decisión mía, claro. No era cuestión del personal científico decidir qué se comunicaba y qué no. Ni cuándo. Eso lo decidía la gerencia del centro, o más bien, imagino, los países miembros. No lo sé.

HALCÓN

¿Los ayudó o los perjudicó que la fórmula se hiciese pública?

XIANA

Mmm. Es una pregunta complicada.

HALCÓN

Denos su impresión.

XIANA

Nosotros vivíamos en una burbuja. No parábamos de trabajar, ya se lo he dicho. La impresión general es que era un privilegio estar allí. Se trataba del trabajo de nuestras vidas, lo más importante que haríamos nunca. Quizá fuera lo más trascendente que había hecho el ser humano hasta ese momento. Lo que pasaba fuera nos importaba bastante poco. Nosotros éramos los protagonistas y el resto del mundo... espectadores. No lo digo a mal, no quiero menospreciar a nadie, pero ese era el ambiente que se respiraba en La Cábala. Aun así, algo nos llegó, claro. Era imposible que no te llegase algo.

CUERVO

¿Qué le llegó a usted?

XIANA

Recuerdo que la gente se puso a especular por internet. En todas direcciones, sin sentido. Todo valía.

CUERVO

¿Recuerda algo concreto?

XIANA

Tonterías. Para los anglosajones la G representa la nota musical sol.

Evocación: un acorde de sol mayor tocado en un piano.

Y sé que algunos se pusieron a investigar por ahí frecuencias de ondas del sonido, esas cosas. Y, en ajedrez, G es la... penúltima columna, creo, la del caballo.

HALCÓN

Lo es.

Evocación: piezas moviéndose en tableros de ajedrez.

XIANA

Bueno, pues algunos iluminados pensaron que la fórmula podía resolverse a través del ajedrez y se pusieron a buscar... códigos en las jugadas.

Evocación: una pieza es derribada sobre el tablero, como un rey que se rinde.

Y luego estaban los masones.

GAVIOTA

¿Qué pasa con ellos?

Evocación: música de rito masónico.

XIANA

La G es su símbolo. La representan entre una escuadra y un compás, pero, si no recuerdo mal, ni ellos mismos se ponen de acuerdo en lo que significa. Unos dicen que geometría, otros que es la inicial de… «maestro», me parece, en no sé qué idioma.

Fin de la evocación.

En fin, no sé. Se decía de todo.

CUERVO

Hablemos de la… Del emisor. ¿Qué hipótesis barajaban ustedes?

XIANA

¿En La Cábala?

CUERVO

Su equipo, los que trabajaban en el Domo.

XIANA

Bueno… Intentábamos contenernos.

CUERVO

¿Qué quiere decir con eso?

XIANA

La ciencia tiene que plantear hipótesis, eso es verdad, pero no cualquier hipótesis. Para empezar, debe ser verificable. Yo podría plantear ahora mismo que en esa habitación hay un dragón invisible que… Que no hace ruido y que no puede tocarse. Un dragón invisible, intangible y silencioso. Es una hipótesis, solo que no puede demostrarse, así que no sirve de nada. Eso no es ciencia, es… superstición, si quieren. Pero ciencia no es.

GAVIOTA

De acuerdo, pero ¿no especulaban siquiera? ¿Nada?

XIANA

No, bueno, claro que especulábamos, pero eran… juegos. No hablábamos en serio. Había de todo, locuras de todo tiempo. Hasta… (*Leve risa.*) Hasta viajes en el tiempo planteó alguno. Mensajeros del futuro. En fin, de verdad, no creo que eso tenga interés. Eran tonterías.

GAVIOTA

Entre la opinión pública se daba prácticamente por sentado que se trataba de una inteligencia extraterrestre.

XIANA

No solo en la opinión pública. Se publicaron varios trabajos más o menos serios que hablaban de eso.

CUERVO

¿Los leyó usted?

XIANA

Sí. No sé si todos, pero alguno sí.

CUERVO

¿Podría darnos su opinión?

XIANA

A ver, era ciencia especulativa. Por otra parte, todo lo que rodeaba al STG era ciencia especulativa, así que... Esos artículos intentaban establecer cómo se podría alterar el ADN usando agentes externos desde una ubicación remota. Muy remota, quiero decir. Años luz. Nuestra tecnología estaba a siglos de eso, así que le echaron bastante imaginación. Pero, bueno, hubo cosas interesantes.

GAVIOTA

¿Algún ejemplo? ¿Algo que recuerde?

XIANA

La mayoría apuntaba en la misma dirección. Sustituían los disruptores endocrinos, que era la teoría aceptada en ese momento, por radiación. Según esa teoría, lo que activaba los genes problema eran emisiones de radiación.

GAVIOTA

Que salían de... ¿dónde?

XIANA

Claro, ahí empezaban los problemas. ¿De dónde nos llegaba esa radiación? Tenía que ser del espacio, no había otra posibilidad. Un satélite artificial. O una nave. Algo lo suficientemente pequeño como para que no pudiésemos detectarlo con nuestros sistemas. De todas formas, la incógnita era cómo podían afinar tanto, ¿entienden? Cómo podían escribir un determinado mensaje en una persona en concreto o en un animal en concreto. Ahí es donde esas teorías hacían aguas. Y no solo ahí.

CUERVO

¿No solo ahí?

XIANA

No, había otro problema, uno que creo más insalvable todavía. La latencia. Los tiempos que manejábamos dentro del Domo.

Evocación: una mona grita en un entorno cerrado, metálico. Está atada con correas y se revuelve con violencia.

Algunas veces, cuando introducíamos un animal en el Domo, la respuesta llegaba a los pocos minutos, dos, tres. Enseguida se le disparaba la temperatura, que era el medidor más fiable, y lo sacábamos porque sabíamos que ya estaba, ya teníamos una respuesta.

Evocación: portón metálico se abre con un sonido de despresurización. Una camilla se aleja rodando y, con ella, se alejan los gritos y convulsiones de la mona.

Esa velocidad de respuesta, esa latencia tan corta, implicaba que el teórico emisor de radiación tenía que estar bastante cerca de la Tierra. Y en esa época no había ni una sola antena que no estuviese buscando hombrecillos verdes por ahí arriba. La NASA, la ESA y las agencias china e india se dedicaban solo a eso. Si hubiese algo tan cerca, por pequeño que fuese, lo habrían encontrado.

GAVIOTA

¿Y no podía ser que esa nave o lo que fuese resultase invisible a nuestros sistemas?

XIANA

Tanto como mi dragón. Pero si no es demostrable...

GAVIOTA

Entiendo.

XIANA

Además, esa teoría, la de la radiación proyectada, solo intentaba explicar cómo se despertaban los genes problema. Pero ¿cómo hacían para recibir nuestros mensajes? ¿Cómo podían esos hipotéticos extraterrestres leer los genes manipulados de los animales que metíamos en el Domo? ¿Y por qué tenía que hacerse precisamente allí, en el Domo? ¿Por qué no en cualquier otro sitio? Para eso nadie tenía respuesta.

Una pausa.

HALCÓN

(*Suspira.*) Bien... Avancemos.

Se manipulan unos papeles.

Después de recibir la fórmula, ustedes siguieron comunicándose.

XIANA

Sí, desde luego. La correspondencia no se paró nunca. Nosotros lo llamábamos así. «Correspondencia».

HALCÓN

¿Qué mensajes transmitieron? Después de recibir la fórmula, quiero decir.

XIANA

De toda clase. Sobre todo, preguntas. Seguramente, la más importante fue por qué se comunicaban así, de esa manera. Enfermando y matando.

HALCÓN

¿Cuál fue la respuesta?

XIANA

No hubo respuesta.

Evocación: varias ovejas balan en un entorno cerrado, metálico.

Esperamos casi dos días con los animales dentro del Domo, varias ovejas, y… nada.

Fin de la evocación.

HALCÓN

¿Cómo interpretaron eso?

XIANA

Lo achacamos a un error por nuestra parte. He dicho que la genografía era escribir con los genes, pero eso es una simplificación. Era algo muy complejo, y todavía estábamos dando los primeros pasos. No se trataba de escribir palabras dentro de un animal. Lo digo porque puede sonar así. Era muchísimo más complicado, y nada garantizaba que la otra parte entendiese lo que intentábamos expresar. Podíamos equivocarnos de muchas maneras. Esa pregunta, por qué comunicarse así, matando y enfermando, era de una extraordinaria complejidad, porque, aunque no lo parezca, hay mucha subjetividad humana ahí. Nosotros sabemos qué es la enfermedad y la muerte, damos por hecho que las dos cosas son malas, sabemos que la muerte es irreversible y que provocarla en alguien es éticamente reprobable. Pero esas son ideas humanas. No podíamos dar por hecho que el interlocutor supiese eso. Nos llevó muchísimo tiempo redactar y codificar ese mensaje, y creo con sinceridad que no lo hicimos bien.

CUERVO

En ese caso, ¿no habría sido esperable recibir algo como… «No lo he entendido»?

XIANA

Quizá, pero nunca dijo nada parecido. A veces no había respuesta y nosotros teníamos que interpretar aquellos silencios igual que interpretábamos sus mensajes. «¿Hemos hecho algo mal o no quiere responder? Y, si no quiere responder, ¿por qué?».

CUERVO

Y, sin embargo, nos han dicho que sí respondió a eso. A esa pregunta.

XIANA

Pues no es verdad. O, mejor dicho, es inexacto. Nunca respondió a esa pregunta, lo que pasa es que formulamos otras parecidas. De otra manera. A lo que sí respondió fue… ¿Puedo consultar mis apuntes?

GAVIOTA

Por favor.

Un cuaderno se abre.

XIANA

Las palabras son importantes y prefiero ser precisa.

Se pasan páginas en el cuaderno.

CUERVO

¿Guarda ese cuaderno desde entonces?

XIANA

No. No, todos mis documentos se perdieron cuando La Cábala se vino abajo. Esto lo he ido apuntando estos días, desde que supe que tendría que venir aquí.

CUERVO

Se lo agradecemos.

Se pasa una página del cuaderno.

XIANA

A ver... Aquí está. Sí. Les preguntamos si podían hablarnos por otra vía que no fuese a través de los genes.

HALCÓN

¿Hubo respuesta?

XIANA

Nos dijeron que ya lo habían hecho. Que llevaban tiempo comunicándose con nosotros. El problema aquí era la traducción de la palabra «tiempo», que podía ser años, décadas, siglos o milenios. Dependía del contexto, así que no estaba claro. En cualquier caso, aunque fuese milenios, encajaba con lo que ya sabíamos.

HALCÓN

Se refiere a la presencia de los patrones en pinturas rupestres.

XIANA

En Indonesia, sí. La pintura de los bisontes.

GAVIOTA

Entiendo que eso descartaba que pudiese ser una inteligencia extraterrestre.

XIANA

En realidad, no. Podían llevar todo ese tiempo intentando comunicarse con nosotros, ¿por qué no? No podemos... o no debemos pensar en los extraterrestres desde una perspectiva humana. Puede que, para ellos, el tiempo no sea como para nosotros. Nosotros lo medimos por el patrón de nuestra vida, una vida humana. Pero hay moluscos que viven quinientos años. Y las colonias de corales pueden vivir más de cuatro mil años. Las esponjas viven once mil años. No sabemos qué son cuarenta mil años para una forma de vida que ni imaginamos. A lo mejor no es ni una generación. Lo importante de esa respuesta, cuando nos confirmó que llevaba tiempo comunicándose con nosotros, era las incógnitas que planteaba.

CUERVO

¿Qué incógnitas?

XIANA

Básicamente, ¿por qué? ¿Por qué llevaban todo ese tiempo lanzando mensajes que sabían, tenían que saber, que no podíamos decodificar? ¿Por qué insertar el patrón en una pintura rupestre? Si podían vernos, si sabían en qué estado evolutivo estábamos, en qué punto de desarrollo científico-tecnológico, ¿por qué hacer eso? Ni siquiera pregunto cómo lo hicieron, que sería cuestión aparte. Solo... ¿por qué?

GAVIOTA

¿Se lo preguntaron?

XIANA

Desde luego, sí, pero no respondió.

GAVIOTA

Supongo que tendrá alguna hipótesis al respecto.

XIANA

Mi impresión, aunque solo es una conjetura, es que... Creo que, al principio, cuando empezaron a dejarnos mensajes, no esperaban una respuesta. No podían esperarla. Creo que confiaban en que los descubriésemos algún día, cuando pudiésemos comunicarnos, muchísimo tiempo después. El sentido de aquellos mensajes de hace cuarenta mil años era transmitirnos que... estaban aquí desde siempre. Observándonos. Esperando.

HALCÓN

¿Por qué se refiere a «ellos»? ¿Por qué habla en plural?

XIANA

Perdón, sí. Es que, para mí, eran «ellos». Lo siguen siendo.
Pero sé que el consenso es hablar en singular. Si lo prefieren,
puedo...

GAVIOTA

(*Interrumpe.*) No, por favor. Hable como quiera.

XIANA

Gracias. Me cuesta hablar de «ella». No me sale.

GAVIOTA

¿Dijo... dijeron algo más? Cuando les enviaron ese mensaje,
esa petición para que se comunicaran por otras vías, ¿dijeron
algo más?

XIANA

No. Solo eso, lo que les he contado.

CUERVO

Entiendo, señora Blanco, que, mientras tanto, seguían trabajando en la fórmula.

XIANA

Sí, había varios grupos trabajando en paralelo. Eso dentro
de La Cábala. Fuera habría... No sé. Cientos. O miles. Mu-

cha gente pensaba que aquella fórmula contenía la llave de algo.

CUERVO

¿Algo como qué?

XIANA

Los físicos sueñan con una teoría que pueda condensarlas todas, que las conecte entre sí. La teoría del todo.

HALCÓN

¿Creían que esa fórmula representaba esa teoría?

XIANA

Algunos sí.

CUERVO

Nuestros conocimientos científicos llegan a donde llegan, pero... ¿No es demasiado sencilla?

XIANA

También $E = mc^2$ es sencilla, y revolucionó la física y el mundo. Esa teoría, la equivalencia entre masa y energía, inauguró la era atómica. Algunos creían que $G = \infty$ haría posible el siguiente salto de la humanidad.

CUERVO

Pero nadie pudo resolver la fórmula.

XIANA

No. Nadie pudo.

HALCÓN

¿En qué momento se rindieron?

XIANA

Bueno, yo no lo diría así. No diría que nos rendimos, pero sí
hubo un momento en que se decidió... cambiar de rumbo.
Los grupos de trabajo dedicados a la fórmula no avanzaban.
Llegó un momento en que se quedaron sin ideas. Estaban
agotados.

HALCÓN

¿Cuál fue ese nuevo rumbo?

XIANA

La dirección científica nos reunió a todos los genógrafos y
nos pidió que redactásemos un nuevo mensaje. Tenía que ser
muy muy claro.

CUERVO

¿Qué debían comunicar?

XIANA

Que no entendíamos la fórmula. Que no podíamos descifrar-
la, vaya. Y también teníamos que volver a hacerles la pregunta inicial: «¿Quiénes sois?». O «¿Quién eres?». Estábamos
muy presionados, pero nos tomamos nuestro tiempo. Teníamos que asegurarnos de que el mensaje era correcto, no podía

malinterpretarse. No lo dimos por bueno hasta que todos, los doce, estuvimos de acuerdo.

Evocación: dos monas en un entorno cerrado, metálico. Gritan. Están atadas con correas.

Usamos dos monas, una para cada mensaje. El sujeto A decía «No entendemos G = ∞». El sujeto B volvía a preguntar «¿Quiénes sois?», pero de otra manera, más clara. O esa era la intención.

GAVIOTA

¿Hubo respuesta?

XIANA

Sí, ya lo creo que la hubo. Al principio pensamos que no, porque las monas no enfermaron. Esperamos cinco horas y no pasaba nada. Los medidores de fiebre no se movían. Entonces saltó la alarma.

Evocación: una alarma retumba por pasillos y estancias.

Resonó por toda La Cábala, en todas partes. Era la primera vez que la oía. Ni siquiera cuando los manifestantes nos lanzaron piedras se disparó.

CUERVO

¿Qué provocaba que saltase aquella alarma?

XIANA

En principio, la contaminación biológica. La pusieron para eso. Había detectores por todas partes. Solo que esta vez no se disparó por eso. Los detectores no encontraron nada en el ambiente, pero había pasado algo raro y se decidió tomar todas las precauciones.

HALCÓN

¿Qué había pasado?

XIANA

Los ratones de La Cábala habían enfermado. Las ratonas, quiero decir.

CUERVO

¿Todas?

XIANA

Todas.

GAVIOTA

Entiendo que no estaban en el Domo.

XIANA

No. No, estaban fuera, en el *vivarium*.

Evocación: junto a la alarma, los chillidos de cientos de ratonas.

HALCÓN

¿De cuántos animales estamos hablando?

XIANA

Muchos. Más de quinientos.

HALCÓN

¿Enfermaron todos al mismo tiempo?

XIANA

Sí. Lo que pasa es que no estaban monitorizados, por eso sus cuidadoras tardaron en darse cuenta. Una de ellas vio que les pasaba algo. Estaban como... amodorradas, tristes. Alguna chillaba. Les puso el termómetro y vio que tenían fiebre. Muy alta. Resultó que habían desarrollado STG. Todas al mismo tiempo mientras nosotros, en el Domo, observábamos a las monas.

Fin de la evocación.

CUERVO

Esas ratonas... ¿llevaban mensajes?

XIANA

Sí. Todas.

CUERVO

¿Qué decían?

XIANA

Lo gracioso es que... no eran palabras.

HALCÓN

¿Qué eran entonces?

XIANA

Letras. Letras del alfabeto. A, B, C, D... Era como una sopa de letras gigante.

GAVIOTA

¿Alguna vez habían visto algo así?

XIANA

Nunca. Era la primera vez que respondían usando animales que no estaban en el Domo. Y era la primera vez que lo hacían de esa manera.

CUERVO

¿Qué hicieron?

XIANA

Primero, contar todas las letras y ver si faltaba alguna, cuántas se repetían, cuáles se repetían y en qué proporción. Los matemáticos se encargaron de eso. Yo me di cuenta enseguida de que no era español porque no había «ñ». Se llegó a la conclusión de que era el alfabeto inglés.

CUERVO

¿Por qué cree que eligió ese idioma?

XIANA

No tengo respuesta a eso, pero le puedo decir que el inglés
era el único idioma que se hablaba en La Cábala. Era, digamos,
nuestra lengua franca. A lo mejor ellos... el emisor, quiero
decir... A lo mejor se había hartado de nuestra torpeza y
había decidido rebajarse a hablar nuestro idioma. No lo sé.

GAVIOTA

¿Qué hicieron con todas esas letras? Más de quinientas ha
dicho.

XIANA

Sí. Se barajaron varias hipótesis, porque nos negábamos a
pensar que fuese aleatorio. Tenía que haber algún sentido allí,
eso seguro, la cuestión era cuál. Entonces a alguien, no recuerdo a quién, se le ocurrió agrupar los mensajes, las letras,
atendiendo a las jaulas que ocupaban las ratonas en el momento en que enfermaron.

CUERVO

¿Se las había sacado de las jaulas?

XIANA

Sí, claro. Cuando un animal enfermaba se le trasladaba a una
cámara sellada y se le monitorizaba. Así que hubo que consultar dónde estaba cada una de las ratonas antes del traslado.
Afortunadamente, en La Cábala se llevaba registro de todo.
Las jaulas eran bastante grandes, y se repartía a las ratonas en
función de diversos criterios experimentales. En algunas había
tres individuos, en otras cinco, siete, doce... Agrupamos las
letras de la misma manera.

HALCÓN

¿Y?

XIANA

Bueno, el resto fue fácil. Sobre todo cuando vimos que uno de aquellos grupos, el correspondiente a una jaula, tenía dos «aes», dos «eles» y una «hache». Esas cinco letras solo pueden formar una palabra en inglés.

CUERVO

¿Cuál?

XIANA

«Allah».

Pausa.

HALCÓN

¿Qué decían los demás mensajes?

Se pasan hojas en el cuaderno.

XIANA

No recuerdo todos, pero algunos sí. Los he estado apuntando estos días.

HALCÓN

Adelante. Léalos.

XIANA

(*Carraspea.*) Osiris. Istar. Zeus. Mitra. Yahveh. Tammuz.
Adonis. Isis. Dionisos. Odín. Quetzalcóatl. Dharma. Elohim.
Parvati. Shiva. Y así hasta setenta.

HALCÓN

¿Qué es todo eso, señora Blanco?

XIANA

Lo saben perfectamente.

El cuaderno se cierra.

Son los nombres de Dios.

CAPÍTULO 6

—

Crisis de fe

A un hombre puedes quitarle sus dioses, pero solo para darle otros a cambio.

CARL GUSTAV JUNG

La audiencia se celebra en el jardín de un monasterio. Nos envuelve el trino de los pájaros. Los tres miembros de la comisión, CUERVO, HALCÓN y GAVIOTA, están sentados en sillas de madera. El compareciente está frente a ellos, también sentado. Los miembros de la comisión disponen de papeles y material de escritura.

La sesión se graba en una antigua cinta de bobina abierta. El grabador se encuentra cerca de ellos. Hay un micrófono apoyado en una mesa auxiliar que registra a los miembros de la comisión. ISMAEL, el compareciente de esta sesión, lleva su propio micrófono de corbata.

Ruido de micrófono de corbata siendo manipulado.

GAVIOTA

(*Muy cerca del micrófono, ligeramente distorsionado.*) ¿Le tira el cable?

ISMAEL

Tú no te preocupes, hijo, haz tu trabajo.

CUERVO

Sentimos el engorro, padre.

ISMAEL

Nada.

HALCÓN

Es la primera vez que celebramos una sesión fuera del palacio.

ISMAEL

Lamento causarles tantos inconvenientes, pero... ya saben cómo son los médicos. Me tienen prohibido todo.

GAVIOTA

Al contrario, somos nosotros los que estamos molestando.

ISMAEL

No diga eso. (*Divertido.*) Aquí nunca pasa nada. No está mal alguna novedad de vez en cuando.

> *Ruido de micrófono de corbata, que es finalmente colocado.*

GAVIOTA

Vale, ya está. ¿Está bien, está cómodo?

ISMAEL

Perfectamente. Gracias, hijo.

> *Pasos, una silla que se recoloca, un cuerpo que toma asiento.*

CUERVO

Sesión…

Se manipulan unos papeles.

442. Compareciente: Ismael Tarancón Andueza. Padre, lo primero de todo, tenemos que cumplir con un formalismo.

ISMAEL

Díganme.

CUERVO

Tiene que acceder a que su testimonio sea grabado.

ISMAEL

Sí, claro. Acepto. (*Divertido.*) ¿Necesitan que lo jure? ¿Tengo que ir a por una biblia? Será por biblias…

HALCÓN

(*Sonríe.*) No, no será necesario.

ISMAEL

Bueno… Pues ustedes dirán.

CUERVO

Padre Tarancón, nos gustaría que nos contase cómo contactaron con usted.

ISMAEL

Se refiere al Centro de Transcripción.

CUERVO

La Cábala, sí.

ISMAEL

Mmm. Nunca me gustó ese nombre. La Cábala, como la mística judía. Me parecía de mal gusto. Pero, bueno, qué les importa eso a ustedes. Me llamaron por teléfono, así contactaron.

HALCÓN

¿Quién?

ISMAEL

La Conferencia Episcopal. Su presidente de entonces, monseñor Sempere.

CUERVO

¿Dónde estaba usted cuando se produjo esa llamada?

ISMAEL

En Bilbao. Era el obispo de allí.

HALCÓN

Tenemos entendido que también es teólogo.

ISMAEL

Sí. (*Divertido.*) No es incompatible.

HALCÓN

(*Ríe.*) Lo sé, lo sé…

CUERVO

¿Qué le dijo monseñor Sempere en esa llamada?

ISMAEL

Me citó en Madrid, ese mismo día. «¡Véngase inmediatamente!». Y fui, claro.

> *Evocación: una reunión de cinco personas en una sala. Rumor de voces, tazas que se apoyan en platos, cucharillas que revuelven, notas a bolígrafo sobre papel, paseos sobre moqueta…*

Tuvimos una reunión larga, una mañana entera. No solo nosotros. Había más gente. Algunos eran del Gobierno.

GAVIOTA

¿Qué le propusieron exactamente?

ISMAEL

Hacía unas semanas que se había recibido aquel mensaje de carácter… teológico. Los países que financiaban el centro, los patronos, querían cambiar el rumbo de lo que se estaba haciendo allí. Hasta entonces había científicos, sobre todo, y también algunos lingüistas. Se consideró que había que introducir expertos en otras áreas.

HALCÓN

¿Religiosos?

ISMAEL

Humanistas, más bien. Religiosos y también laicos. Por responder a su pregunta, lo que me propusieron fue sumarme al equipo investigador con carácter inmediato.

Fin de la evocación.

CUERVO

¿Por qué cree que lo eligieron a usted?

ISMAEL

Lo desconozco. Hay hombres mucho más doctos, de eso no hay duda.

CUERVO

Seguro que tiene alguna intuición.

ISMAEL

¿Sinceramente? Creo que me eligieron porque hablo inglés.

HALCÓN

Los teólogos ingleses también hablan inglés.

ISMAEL

(*Ríe.*) Muy cierto. Entonces sería por otra cosa.

CUERVO

Hablemos un momento de su obra teológica.

ISMAEL

¿Seguro? Corremos el riesgo de no salir de aquí hasta mañana. (*Ríe. La risa da paso a una bronca tos.*) Perdón. A veces...
(*Tose.*) Perdón.

GAVIOTA

¿Quiere que vaya a por un poco de agua?

ISMAEL

No. No, gracias. Estoy bien. (*Carraspea.*)

CUERVO

Como académico, usted se dedicó sobre todo a la teología
mística.

ISMAEL

Sí. El misticismo, sí.

CUERVO

En sus escritos defendía la autenticidad de los milagros.

ISMAEL

No de todos.

CUERVO

De muchos.

ISMAEL

De muchos.

CUERVO

Y atacaba la ciencia, el método científico.

ISMAEL

No. Atacaba su dogmatismo.

GAVIOTA

Usted escribió sobre...

Se manipulan unos papeles.

(*Lee.*) «Experiencias no racionales».

ISMAEL

Y no sensoriales. No racionales y no sensoriales.

GAVIOTA

¿A qué se refería con eso?

ISMAEL

Bueno, por simplificar, digamos que son... intuiciones. Intuiciones del espíritu que no pueden cuantificarse. Que esca-

pan a la ciencia, a la medición. Y que siempre van a escapar, que nunca serán cuantificables.

GAVIOTA

¿No cree que esas ideas pudieron hacerle especialmente adecuado para integrarlo en La Cábala?

ISMAEL

Tal vez. Pero insisto en lo del inglés. (*Ríe, tose levemente, carraspea.*)

HALCÓN

¿Cuándo se instaló allí?

ISMAEL

En noviembre de 2029, a finales. No recuerdo el día exacto, lo lamento.

> *Evocación: ambiente de montaña. Hojas de árboles agitadas por el viento.*

Lo que sí recuerdo, y perfectamente, es el sitio. Era precioso. ¿Lo vieron ustedes? ¿Llegaron a verlo?

CUERVO

No.

HALCÓN

No, me temo que no.

ISMAEL

Precioso. Una catedral en mitad de las montañas. He estado
en muchas partes del mundo y no he visto nada parecido, ni
siquiera en el Vaticano.

Fin de la evocación.

CUERVO

Hablemos de ese nuevo rumbo que pretendían darle a La
Cábala. Ha mencionado a «expertos».

ISMAEL

Sí.

HALCÓN

¿Usted los conoció?

ISMAEL

Claro, ¿cómo no iba a conocerlos? Trabajábamos juntos. Vivíamos todos allí.

GAVIOTA

¿En qué campos trabajaban los demás?

ISMAEL

Bueno, había representantes de muchas disciplinas. Teólogos
como yo: católicos, judíos, protestantes, islámicos... También
había antropólogos. Y folcloristas. Expertos en teología gre-
colatina, egipcia, nórdica, celta... Y filósofos de muchas co-
rrientes: pragmatistas, lógicos, metafísicos... De todo.

CUERVO

¿Qué hacían ustedes? ¿A qué se dedicaban?

ISMAEL

A pensar, fundamentalmente.

CUERVO

¿En qué?

ISMAEL

En todo lo relacionado con aquellos mensajes y con quienquiera que los estuviese enviando. Nos replanteábamos las viejas preguntas a la luz de los nuevos descubrimientos.

CUERVO

¿Las viejas preguntas?

ISMAEL

¿Por qué existimos? ¿Qué es la realidad? ¿Existe el libre albedrío?

GAVIOTA

Para ustedes, para ese grupo de pensadores, ¿quién enviaba aquellos mensajes?

ISMAEL

Bueno, ese sería el final del camino, no el principio. No podíamos empezar preguntándonos eso, así que lo dejamos en un… suspenso provisional.

HALCÓN

Pero se referirían a él o a ellos de alguna manera.

ISMAEL

Lo sabe perfectamente, pero sí, entiendo que me lo pregunten. Quieren oírlo de mí.

HALCÓN

Eso es.

ISMAEL

Acordamos llamarlo The Entity. La Entidad.

CUERVO

¿Ese nombre no tiene connotaciones divinas?

ISMAEL

(*Divertido.*) Depende de a quién le pregunte. ¿Qué es una entidad? Un ser, una esencia, pero también una colectividad. Era un término polivalente. Y práctico en aquel momento. De todas formas... (*Deja la frase en suspenso.*)

CUERVO

¿De todas formas...?

ISMAEL

También Dios es solo una palabra. Su sentido cambia de cultura en cultura, incluso de época en época. Antes de los dioses, en los tiempos de la magia, se veneraba la naturaleza.

¿Acaso no veneraban aquellas gentes a lo mismo que luego llamaríamos Dios? El responsable del amanecer y el ocaso, de todo lo vivo, de la vida misma, y también de la muerte.

HALCÓN

Ustedes fueron los iniciadores de la llamada entología.

ISMAEL

Sí. (*Divertido*.) A mí me sonaba a «entomología», el estudio de los insectos, pero... Ya ven. El nombre cuajó.

HALCÓN

¿Cómo la describiría?

ISMAEL

Era una aproximación intelectual al fenómeno de La Entidad a través de herramientas filosóficas, teológicas y antropológicas. Los biólogos, los químicos y los genógrafos tenían sus herramientas. Nosotros tuvimos que inventar las nuestras.

GAVIOTA

¿Qué clase de herramientas?

ISMAEL

Intelectuales. Métodos epistemológicos.

CUERVO

Sabe que la mayoría de sus investigaciones se han perdido.

ISMAEL

Lo sé, lo sé...

CUERVO

¿Recuerda algunas de sus conclusiones?

ISMAEL

¿Conclusiones? (*Ríe.*) Ojalá hubiésemos llegado a algo digno de ese nombre. Es como si me pide usted las conclusiones de la filosofía. Les puedo decir, si quieren, algunas de las cuestiones que más quebraderos de cabeza nos dieron.

CUERVO

Por favor.

ISMAEL

Bien, pues, por ejemplo... Nos preguntábamos si fuimos creados por La Entidad o somos producto de la evolución. También si eso es antagónico. ¿Puede la evolución ser un proceso impulsado por una entidad creadora? ¿Puede ser dirigido? Y, de serlo, ¿de qué manera? Lo que llamamos evolución se expresa en forma de alteraciones genéticas, y sabíamos que La Entidad podía alterar el ADN a su antojo. ¿Fue ella quien nos bajó de los árboles permitiendo que nos irguiésemos sobre la hierba alta para buscar comida? ¿Fue La Entidad quien nos dotó de un pulgar oponible para que pudiésemos manejar objetos? ¿Nos fue dotando de todas esas herramientas genéticas a la espera de que un día pudiésemos por fin descubrir su mensaje y comunicarnos con ella? ¿Era esa comunicación el fin último de la evolución? ¿Habíamos llegado a la meta o aquello solo era el punto de partida?

Una pausa.

(*Ríe.*) Sí, así nos quedábamos nosotros también cuando pensábamos en estos asuntos.

GAVIOTA

Si le parece, volvamos a algo más… terrenal.

ISMAEL

(*Ríe.*) Claro. Ustedes mandan.

GAVIOTA

¿Dónde se encontraba cuando se produjo el atentado?

ISMAEL

Oh. Acababa de levantarme. Soy de hábitos madrugadores. Cada vez más, porque cada día duermo menos, pero ya entonces me gustaba levantarme a las cinco, cinco y media.

> *Evocación: ambiente de montaña al amanecer. Viento suave, grillos.*

En el centro había una terraza grande en la parte de arriba. Era donde íbamos para que nos diese el sol de vez en cuando. Uno no puede estar siempre entre cuatro paredes. Había que abrigarse mucho, pero era agradable. Estaba allí cuando pasó.

> *Evocación: sobre el ambiente de montaña, una gran explosión a una cierta distancia. El edificio en que nos encontramos tiembla ligeramente.*

GAVIOTA

¿Qué recuerda?

ISMAEL

Un... temblor.

Evocación: sobre el ambiente de montaña, dos árboles caen a plomo a una cierta distancia.

Y algún árbol cayéndose. Después hubo un silencio de... No sabría decirle. Unos segundos, supongo. En el momento me pareció más, pero no creo que lo fuera.

Evocación: gritos de pánico de medio centenar de personas a una cierta distancia.

Luego, mucha gente se puso a gritar.

GAVIOTA

Murieron veintiséis personas y hubo más de setenta heridos.

ISMAEL

Lo recuerdo. Lo recuerdo.

Fin de la evocación.

HALCÓN

El atentado fue reivindicado por ███████, un grupo integrista islámico. No les gustaba lo que ustedes estaban haciendo allí.

ISMAEL

¡A esa gente nunca le gusta nada! Pero lo que menos les gustaba es que hubiese teólogos islámicos con nosotros. ¡Eso es lo que les molestaba de verdad! Les dictaron una *fatwa*, ¿sabe? Pena de muerte.

CUERVO

¿Qué consecuencias tuvo el atentado?

ISMAEL

Para nosotros, en el centro, le diría que ninguna. La explosión abolló un poco una pared, poco más. Los muertos fueron todos de esa pobre gente que estaba fuera, los que protestaban. A raíz de aquello se echó a los pocos que quedaban por allí y se blindaron los montes. Ya no había forma de acercarse al centro, ni de verlo siquiera. Se organizó un cinturón alrededor. Militares, con tanquetas y todo. Pero, como les digo, a nosotros aquello no nos afectó.

GAVIOTA

Obispo...

ISMAEL

No me llamen obispo, por favor. Ya no lo soy. «Padre» está bien.

GAVIOTA

Padre. Entiendo que, mientras ustedes se hacían todas esas preguntas que nos ha dicho, los científicos seguían trabajando.

ISMAEL

Sí, desde luego.

GAVIOTA

También los genógrafos.

ISMAEL

Sí. La correspondencia, como la llamaban ellos, no se detuvo en ningún momento.

GAVIOTA

Sabemos que fue en este periodo cuando se produjeron los resultados más importantes.

ISMAEL

No sé si «importante» es la palabra adecuada en este caso. Los más prácticos, desde luego.

GAVIOTA

Se curó el cáncer.

ISMAEL

Los cánceres, que dirían los biólogos. Se curaron, sí.

GAVIOTA

¿Cómo lo recuerda usted?

ISMAEL

Pues mire, allí todo era tan sensacional que a uno se le acababa embotando el sentido de la maravilla. Todo iba muy deprisa. Un día nos comunicaron eso, que habían pedido a La Entidad que curase el cáncer de una de las trabajadoras. Una genógrafa, ████████ creo que se llamaba. Se lo habían detectado hacía poco, todavía se encontraba más o menos bien.

CUERVO

¿Y La Entidad aceptó?

ISMAEL

Aceptó. Aceptó.

Evocación: respiración agitada, de puro terror, de una mujer. Está en un entorno cerrado, metálico.

La metieron en el Domo, ella sola. Eso me contaron, porque yo no estaba allí. Tenía que estar asustadísima, imagínense. Era la primera vez que entraba una persona para algo así. Hasta entonces solo se había experimentado con animales. Me contaron que no estuvo ni cinco minutos. Le pasó lo mismo que a las monas y a las ovejas, ¿saben? Al poco empezó a tener fiebre y la sacaron. STG.

Fin de la evocación.

Le duró solo un día. A la mañana siguiente ya se había recuperado. Y no quedaba ni una célula cancerígena en su cuerpo. Ni una. Estaba completamente limpia.

CUERVO

¿Usted llamaría a eso milagro?

ISMAEL

¿Usted no?

HALCÓN

¿Cómo se pasó de esa curación, vamos a decir «puntual», a…?
(*Busca la palabra.*)

ISMAEL

¿A la escala planetaria?

HALCÓN

Sí.

ISMAEL

Bueno, fue paulatino. Después de aquella chica, al ver que el
cáncer no se reproducía, o no reaparecía, mejor dicho, y que
no había efectos secundarios, se invitó a un grupo de enfermos. Terminales casi todos. Se los instaló allí con nosotros, y
se les fue llevando al Domo de uno en uno.

> *Evocación: un hombre respira, nervioso, en una sala de
> paredes metálicas.*

Lo que hacía La Entidad era… (*Se interrumpe.*) Entiendan,
por favor, que yo no soy médico ni biólogo.

HALCÓN

Descuide.

ISMAEL

La Entidad despertaba en esa gente un gen dormido. Uno de esos genes que tenemos desde hace millones de años.

HALCÓN

Sí.

ISMAEL

Lo despertaba, y ese gen arreglaba... Perdonen que lo diga así, no sé explicarlo mejor. Arreglaba el material genético dañado e impedía la metástasis.

Fin de la evocación.

CUERVO

Esa gente, los enfermos, ¿sabían por qué estaban ahí?

ISMAEL

Por supuesto, claro que lo sabían. Era un ensayo clínico. Había tortas para entrar en esa lista, y eso que, en teoría, era secreta.

CUERVO

¿Qué criterios se usaron para elegirlos?

ISMAEL

No le puedo decir. Quiero decir que no lo sé. Muchos de ellos, si no todos, eran familiares de trabajadores del centro.

Se manipulan unos papeles.

GAVIOTA

Si los datos que tenemos son correctos, los científicos de La
Cábala sintetizaron la cura para el cáncer en... (*consulta un
papel*) abril de 2030.

ISMAEL

Se hizo público el día 5. Lo recuerdo porque coincidió con la
Pascua.

GAVIOTA

Y aquello fue solo el comienzo. En un año se sintetizó la cura
para... Deje que lo consulte.

Se manipulan unos papeles.

El alzhéimer, el sida, las cardiopatías isquémicas... Y la dia-
betes.

ISMAEL

Y la diarrea.

GAVIOTA

Cierto, sí. La diarrea también.

ISMAEL

No fue fácil eso. Me refiero a la diarrea. Muchos abogaban
por darle prioridad a otras enfermedades, enfermedades de...
países ricos, digamos. Pero Sudáfrica presionó. En aquella
época cientos de miles de niños morían de diarrea en África.
Era la tercera causa de muerte infantil en ese continente, una
cosa terrible.

HALCÓN

Y la erradicaron.

ISMAEL

La erradicó La Entidad. Los científicos solo pasaron la fórmula a limpio.

HALCÓN

¿Qué recuerda de aquellos meses? Debieron de ser frenéticos.

ISMAEL

Lo fueron, sí. Sin duda. Le diría que recuerdo... el optimismo. Todo parecía posible. Problemas que llevábamos arrastrando desde el principio de los tiempos se evaporaban sin más, de un día para otro prácticamente. Los milagros se volvieron rutina. La Entidad no paraba de darnos regalos, uno detrás otro. Todo era estupendo. (*Ríe.*) Sobre todo para las empresas farmacéuticas.

GAVIOTA

Pero las patentes se declararon Patrimonio de la Humanidad.

ISMAEL

(*Divertido.*) ¡Faltaría más! Pero, de todas formas, alguien tenía que fabricar los medicamentos. Las farmacéuticas se hicieron de oro. Y no solo las grandes.

CUERVO

Y, sin embargo, a pesar de eso, o precisamente por eso, hubo una gran crisis económica.

ISMAEL

Bueno, la esperanza de vida aumentó vertiginosamente. Y lo hizo por igual en todas partes: en los países ricos, en los menos ricos y en los pobres. La economía... No soy economista, pero sé que casi todos los males del mundo se deben al dinero. Mucha gente se fue a la calle por entonces, pero... Qué quieren que les diga. Había más paro, más pobreza, pero menos enfermedad, menos muerte. Menos dolor.

CUERVO

¿Cómo experimentó usted aquel cambio? Personalmente, su punto de vista.

ISMAEL

Ya saben lo que dicen: «A caballo regalado...». Pero estaba inquieto, es verdad. Y no era el único. ¿Por qué hacía aquello La Entidad?

GAVIOTA

Ustedes se lo habían pedido.

ISMAEL

Los científicos se lo habían pedido. Ni siquiera. Sus jefes, los gestores. Los políticos responsables del centro. En cualquier caso, La Entidad tenía voluntad propia. Si nos daba aquello es porque quería dárnoslo. La cuestión, como les digo, es por qué.

CUERVO

¿Qué pensaba usted?

ISMAEL

Que a todo gran bien le sigue un gran mal. Aquello era una revolución, una revolución enorme, la mayor de la historia, no hay duda. Pero solo había que mirar otras revoluciones del pasado para saber lo que podía pasar. La revolución atómica, en el siglo xx. Einstein redefinió la física, la ciencia, nuestra concepción de la naturaleza. Einstein no; sus ideas. Y las ideas no son de nadie. Las ideas no pertenecen a un país, no existe una matemática estadounidense y una matemática española como no existe una teología francesa o inglesa o... rusa. Pero la concreción de esas ideas, su implantación, sí puede convertirse en una fuente de conflictos. Las ideas de Einstein no eran de nadie, pero los estadounidenses fueron los primeros en construir una bomba atómica.

HALCÓN

Nos han dicho que en La Cábala se enteraron del descubrimiento de Texas antes que la opinión pública, ¿es correcto?

ISMAEL

Sí. Algo antes. Unos días, creo recordar.

HALCÓN

¿Cómo se enteró usted?

ISMAEL

Bueno, era un rumor. Alguien del grupo, un folclorista británico, me dijo: «¿Has oído lo de Texas?». Yo: «¿El qué? No. ¿Qué ha pasado en Texas?». Me lo dijo. Que habían encontrado otro mensaje que decía «Aquí».

HALCÓN

Nadie previó aquello.

ISMAEL

No, nadie lo previó. Se dio por hecho que aquel sitio en los Pirineos, aquel punto señalado por La Entidad, tenía que ser necesariamente único. Pero, fuera del centro, mucha gente siguió con la investigación del gen problema, buscando muestras, haciendo traducciones...

GAVIOTA

Ese nuevo emplazamiento estaba en un lugar llamado...

Se manipulan unos papeles.

Fredericksburg.

ISMAEL

Sí. Corrieron ríos de tinta, lo recuerdo bien. El mensaje se encontró en un nativo americano. Un indio. Vivía en un sitio llamado Enchanted Rock.

GAVIOTA

«Roca encantada».

ISMAEL

Eso es.

Evocación: ambiente del desierto por la noche. Arde una pequeña fogata.

234

El nombre es una traducción del que le pusieron los indios en su día. Según ellos, algunas noches se veían fuegos flotando sobre las rocas. Fuegos fatuos, ya saben. Ellos, los indios, creían que eran espíritus.

CUERVO

Y usted ¿qué cree?

ISMAEL

Se llama Roca encantada porque el suelo es de granito. Esos... destellos los produce la escarcha sobre el granito.

Fin de la evocación.

CUERVO

Eso nos ha contado, pero ¿usted cree eso?

ISMAEL

¿Qué importa lo que yo crea? Si algo nos han demostrado estos años es que la magia, la religión y la ciencia no son tan distintas como creíamos. *Omnia exeunt in mysterium.*

GAVIOTA

¿«Todo es misterio»?

ISMAEL

«Todo termina en misterio». Si uno profundiza lo suficiente en cualquier asunto, el que sea, acaba llegando a una pregunta que no tiene respuesta. Cuando yo estudiaba, en mis años de seminario, se hablaba mucho del Dios de los vacíos, ¿saben lo que es?

GAVIOTA

No.

CUERVO

No.

ISMAEL

Es una corriente teológica. Fue muy popular a finales del siglo XX. Su nombre lo dice todo. Se basaba en colocar a Dios en los huecos que la ciencia iba dejando. La religión ya no podía explicar el origen del ser humano ni de la Tierra ni del Universo, porque la ciencia había arrebatado a la religión todas esas explicaciones. Bien, ¡pues coloquemos a Dios donde la ciencia no llega! Solo que esa perspectiva tenía un problema: cada vez quedaban menos vacíos. Cada década, cada año, la ciencia explicaba más y más cosas, arrinconando a Dios en una esquina cada vez más pequeña. Era un error. Dios no es eso. Dios no puede ser un... apaño.

HALCÓN

Padre, ¿qué se comentó en La Cábala sobre el descubrimiento de Texas?

ISMAEL

Nada que no se dijese también fuera. Que los estadounidenses habían encontrado ese otro mensaje y que habían construido una instalación militar allí. Su versión del Centro de Transcripción.

CUERVO

Una pequeña Cábala.

ISMAEL

Llámelo como quiera.

HALCÓN

¿No les dijeron nada del de Siberia?

ISMAEL

No, de ese nos enteramos por los medios de comunicación.
Y no puedo decir que me sorprendiera. En cuanto se supo
que el mensaje de los Pirineos no era único ni excluyente, di
por hecho que habría más.

GAVIOTA

Cincuenta y tres.

ISMAEL

Que se encontraran.

CUERVO

¿Qué piensa, qué pensó, de eso?

ISMAEL

Como he dicho, a todo gran bien le sigue un gran mal. Igual
que pasó con las teorías de Einstein y, luego, con el trabajo
de Oppenheimer. El ser humano se obceca en sus errores. Las
naciones del mundo decidieron usar aquel don, aquel regalo
de La Entidad, en su provecho particular.

HALCÓN

¿Afectó eso a su trabajo en La Cábala?

ISMAEL

Sí. Decididamente, sí. Muchos científicos se marcharon. Sus países les ofrecían el mismo trabajo, mucho más cerca de sus casas y mucho mejor remunerado. Los dejaban instalarse allí con sus familias. Algunos de aquellos centros hasta tenían guarderías. Era difícil resistirse. Hubo un goteo continuo, cada día se marchaba alguien. Incluso el director científico se fue a Alemania, al centro que habían montado en Baviera. Todo empezó a derrumbarse.

CUERVO

Después de lo que habían conseguido, ¿no les suponía un problema ético irse a trabajar en proyectos militares?

ISMAEL

Eso debería preguntárselo a ellos.

HALCÓN

¿Le contó alguno de esos científicos lo que pasaba en esos centros?

Silencio. No hay respuesta.

¿Padre?

ISMAEL

No hacía falta que me lo dijeran.

CUERVO

¿Qué quiere decir?

ISMAEL

Lo que pasaba allí era evidente. Y lo que acabaría pasando
también. Les he contado por qué me llamaron para trabajar
en el centro, les he contado la misión de mi grupo. Nosotros
explorábamos, desde un plano teórico, lo que La Entidad
podía provocar en el mundo. Eran vaticinios, desde luego,
algunos muy vagos. Unos se cumplieron y otros no, pero
todos tenían una base. Una base histórica, cultural, antropo-
lógica, teológica, religiosa... No hablábamos por hablar, sabíamos lo que decíamos. Y eso lo predijimos.

HALCÓN

¿Predijeron lo que pasó?

ISMAEL

No todo. No creo que nadie hubiese podido, pero sí una
parte. La competencia entre países, aquella nueva Guerra
Fría... La Entidad podía alterar el genoma humano. Sabíamos
que era capaz de curar enfermedades, incluso las congénitas.
El siguiente paso, lo que la humanidad querría a continuación,
era obvio. Es la pirámide de Maslow, la jerarquía de las nece-
sidades humanas. Primero comer, dormir y respirar. Cuando
se garantiza eso, ¿qué quieres? Empleo, familia, objetos y
propiedades. ¿Y luego? Cariño, respeto y amor. Y, por fin,
cuando ya lo tienes todo... el poder. La supremacía.

GAVIOTA

La mejora genética.

ISMAEL

Era obvio. Estaba claro que las grandes naciones del mundo entrarían en una carrera por mejorar la especie. Los estadounidenses la empezaron y todos fueron detrás. Igual que en la carrera atómica. En cuanto uno echó a correr, ya nadie podía quedarse atrás.

HALCÓN

¿Qué opina usted de aquella carrera?

ISMAEL

Fue abominable. Un horror. Una cosa es curar una enfermedad, pero aquello, lo que estaban haciendo en esos sitios…, era una abominación.

CUERVO

Y, sin embargo, fue La Entidad quien nos concedió esos dones. Los científicos se lo pedían y ella…

ISMAEL

(*Interrumpe, exaltado.*) ¡Los políticos! ¡Los políticos se lo pedían a través de los científicos!

CUERVO

En cualquier caso, La Entidad los ofrecía voluntariamente. Ella nos los dio.

ISMAEL

¿Y qué?

CUERVO

Si nos los daba ella, ¿no deberían ser buenos?

ISMAEL

(*Exaltado.*) ¡¿Por qué?! ¡¿Porque se había identificado como Dios?! ¡¿Porque había dicho todos aquellos nombres de deidades, por eso debíamos creerla y asumir que era cierto?! (*Se toma un momento para calmarse.*) ¿Recuerdan cómo llamó la prensa a los mensajes grabados en el gen problema? «La firma de Dios». ¡Como si Dios necesitase firmar su obra! ¡Como si Dios tuviese ego y tuviese que alimentarlo! Proyectamos en Dios nuestros miedos y nuestros complejos. Le atribuimos nuestras imperfecciones porque somos incapaces de imaginar la perfección, igual que somos incapaces de imaginar el infinito. ¡Todos aquellos hombres y mujeres tan inteligentes, los mejores científicos del mundo, embaucados por una ilusión! Se pasaron años leyendo aquellos códigos genéticos, miles de letras, millones de combinaciones, cuando la verdad es que bastaba con leer un solo libro.

GAVIOTA

¿Cuál?

ISMAEL

La Biblia, por supuesto.

HALCÓN

La Biblia dice muchas cosas, padre.

ISMAEL

Nuevo Testamento, segunda carta a los corintios: «Desconfiad del ángel de luz cuando se muestre ante vosotros, pues Satanás gusta de disfrazarse para confusión de los justos».

Campanadas tañen en un campanario próximo.

Capítulo 7

—

Disuasión y equilibrio

No hay manera más rápida de movilizar a la gente que darles una nueva religión.

URSULA K. LE GUIN

La audiencia se celebra en la sala de un palacio con paredes y suelo de mármol, ante una mesa de madera maciza. Los tres miembros de la comisión, CUERVO, HALCÓN y GAVIOTA, están sentados uno al lado del otro. Disponen de papeles y material de escritura.

La sesión se graba en una antigua cinta de bobina abierta. El grabador se encuentra en la misma sala, no lejos de la mesa. Hay dos micrófonos: uno destinado a ARIADNA, la compareciente de esta sesión, y otro que comparten los tres miembros de la comisión.

Los goznes de una puerta chirrían. Tacones resuenan a una cierta distancia, unos pasos dubitativos.

ARIADNA

(*Lejos.*) Buenos días.

CUERVO

Señora Losada. Pase, por favor.

ARIADNA

(*Lejos.*) Gracias.

La puerta se cierra. Los tacones se acercan.

ARIADNA

(*Acercándose.*) Señor ███████, ¡cuánto tiempo!

HALCÓN

Mucho, es verdad. ¿Cómo está?

Los pasos se detienen, una silla se desplaza.

ARIADNA

(*Sentándose, cerca ya del micrófono.*) Bueno... Resistiendo.
Resistiendo...

HALCÓN

He sabido lo de su familia.

ARIADNA

(*Afectada.*) Sí.

HALCÓN

Mis condolencias.

ARIADNA

(*Afectada.*) Gracias. ¿Su esposa?

HALCÓN

Murió también.

ARIADNA

No lo sabía. Lo siento mucho.

HALCÓN

Gracias.

ARIADNA

(*Suspira, afectada.*)

GAVIOTA

Sesión 523. Compareciente: Ariadna Losada de Miguel. Señora Losada, para que quede constancia en la grabación, ¿acepta voluntariamente participar en la Comisión de la Memoria?

ARIADNA

Sí.

GAVIOTA

Tenemos la obligación de informarle de que su condición de ministra entre los años 2030 y 2035 la exonera, si así lo desea, de prestar declaración.

ARIADNA

Sí, lo sé, me lo han dicho. Renuncio a ese derecho.

HALCÓN

Se lo agradecemos. Usted tuvo una perspectiva privilegiada, su testimonio puede ser muy relevante.

ARIADNA

Espero que lo sea. De verdad.

CUERVO

Bien. Eh...

Se manipulan unos papeles.

Señora Losada, usted todavía estaba en su cargo cuando se clausuró definitivamente La Cábala, ¿cierto?

ARIADNA

Sí. (*Sonríe.*) Para mi desgracia, sí. Me tocó a mí todo aquello.

CUERVO

¿Cuándo diría que empezaron los problemas?

ARIADNA

Depende de a qué problemas se refiera. Pero, en general, todo empezó a tambalearse cuando se supo lo de Texas. Y, luego, con lo de Rusia y lo de China... Y lo de Sudáfrica también, aunque eso fue un poco más tarde.

CUERVO

Se refiere a la apertura de nuevas instalaciones genográficas.

ARIADNA

Sí.

Evocación: obra de construcción de una gran infraes-tructura.

Todos los países se lanzaron a montar la suya propia. Algunos, los que tenían más superficie, pudieron construir más de una, porque… bueno, porque encontraron más mensajes. Estados Unidos llegó a tener siete. Rusia no se sabe, pero se cree, o se creía, que eran cuatro o cinco.

Fin de la evocación.

GAVIOTA

¿Fue usted quien aprobó la construcción del centro español?

ARIADNA

La aprobó el Congreso de los Diputados, pero el proyecto era competencia de Defensa, sí.

GAVIOTA

¿Cuándo se decidió emprender ese proyecto?

ARIADNA

En noviembre del 33. Hacía tiempo que teníamos un grupo de hurones buscando mensajes.

GAVIOTA

Mensajes que dijeran «Aquí».

ARIADNA

Sí. En ese momento eran los únicos que importaban.

GAVIOTA

¿Cuándo lo encontraron?

Evocación: viento en un paraje desértico.

ARIADNA

En octubre del 33. En Tenerife, ya lo saben. A las faldas del
Teide.

CUERVO

Eso resulta chocante. ¿Dónde se encontró? Allí no vive nadie.

ARIADNA

No, sí. Hay... o había, mejor dicho, una casa rural dentro de
los límites del parque natural. La propietaria tenía STG cró-
nico. Se le tomó una muestra, se tradujo el gen problema y
ahí estaba el mensaje. «Aquí».

Fin de la evocación.

HALCÓN

Háblenos de la instalación que se montó en ese lugar.

ARIADNA

Bueno, era una cosa modesta. Nada que ver con lo que
estaban haciendo los estadounidenses o los rusos o los chinos. Tenía tres edificios. Se levantaron en dos meses. No
fue fácil.

GAVIOTA

Tenemos entendido que uno de esos edificios contaba con su propio Domo.

ARIADNA

El central, sí. Contratamos a varias personas que venían de La Cábala. Ellos nos dijeron lo que necesitábamos. Básicamente copiamos el Domo original.

HALCÓN

Señora Losada, hay un asunto que generó mucho debate en su día y que, según tenemos entendido, no acabó de solventarse.

ARIADNA

Dígame.

HALCÓN

¿Cómo podía La Entidad mantener tantas conversaciones por todo el mundo? Conversaciones simultáneas.

ARIADNA

Ya. Bueno, a ver, no soy técnica, pero les puedo decir lo que... Lo que se dijo en su momento, vaya.

HALCÓN

Por favor.

ARIADNA

Los que más estudiaron ese fenómeno fueron los estadounidenses, precisamente porque tenían varios centros. Lo llamaron *unobtrusive polyphony*, que se tradujo como «polifonía
discreta».

*Evocación: chillidos de monas, balidos de ovejas y gritos
de ratonas, todo mezclado.*

La cuestión es que, en efecto, La Entidad mantenía muchas
conversaciones, correspondencias las llamaban, todas al mismo tiempo. Aquí en España estaba hablando con nosotros,
en Francia con los franceses, en Estados Unidos con los estadounidenses... Pero, que se sepa, nunca reveló a unos lo
que hablaba con los otros.

CUERVO

¿Alguien se lo pidió?

ARIADNA

(*Sonríe.*) Sospecho que todos se lo pedimos. Pero nunca respondió.

Fin de la evocación.

CUERVO

¿Cómo se sabía entonces que era una sola entidad y no muchas?

ARIADNA

Porque se lo preguntaron. Los genógrafos de La Cábala se lo
preguntaron: «¿Eres una o eres muchas?». Y ella dejó claro
que era una.

CUERVO

No tenía por qué ser verdad.

ARIADNA

No solo eso, ni siquiera estaba claro que para ella la unidad, la... individualidad significase lo mismo que para nosotros. A lo mejor no distinguía entre individuo y colectivo. No teníamos manera de saberlo. Cuando entrábamos en esas cuestiones tan... humanas, no había forma de constatar si nos estábamos entendiendo.

HALCÓN

Señora Losada, ¿por qué recayó aquel proyecto en el Ministerio de Defensa y no en el de Ciencia, por ejemplo?

ARIADNA

Por la misma razón que las armas biológicas no dependían de la Secretaría de Universidades. Una cosa es la teoría científica, y otra, sus aplicaciones defensivas.

CUERVO

El centro del Teide era, por tanto, una instalación militar.

ARIADNA

Todas lo eran, las de todos los países. La única que mantenía un carácter civil, puramente de investigación, era La Cábala. Y cada vez estaba más abandonada.

CUERVO

¿Por qué?

ARIADNA

Se le fue recortando la financiación. A medida que los países inauguraban sus propios centros, cerraban el grifo. Nadie quería seguir pagando por aquel mamotreto en los Pirineos que, además, no iba a reportar ningún beneficio.

CUERVO

Acabó con muchas enfermedades.

ARIADNA

Ya me entienden.

GAVIOTA

Sin embargo, España no suprimió del todo la financiación, ¿cierto?

ARIADNA

Ni España ni Francia, pero eso es porque estaba en nuestro territorio. De todas formas, al final ya era casi decorativo. A nadie le importaba.

HALCÓN

Volvamos al centro del Teide. ¿Cuál era su finalidad concreta?

ARIADNA

No quedarnos atrás.

CUERVO

¿En la carrera de mejorados?

ARIADNA

Sí. La Unión Europea intentó controlar su proliferación, quería concentrarlo todo en un solo centro, en Dinamarca. Hubo un montón de reuniones, pero no se llegaba a ningún acuerdo y algunos países miembro perdieron la paciencia. Primero Alemania, después Austria, Francia... Luego nosotros, Italia...

CUERVO

Así que cada país fue por su cuenta.

ARIADNA

Eran años de muchísima tensión. Tensión política, económica, social... La esperanza de vida era altísima y cada vez había menos enfermedades crónicas y casi ninguna mortal. Seguía habiendo casos de STG, claro, pero era una cosa anecdótica. Nadie se moría de aquello y algunos hasta querían cogerlo. Se sentían especiales, imagino. Aparecieron muchísimas empresas que te analizaban el gen problema para que supieras qué decía. La gente compartía sus mensajes en redes sociales.

HALCÓN

Lo recuerdo.

ARIADNA

Por otra parte, mucha gente pasaba hambre. Mucha. La Entidad no nos dio una solución para el hambre.

GAVIOTA

¿Recuerda dónde estaba usted el 4 de julio de 2034?

ARIADNA

Todo el mundo recuerda dónde estaba ese día, ¿no? Acababa de volver del Consejo de Ministros que teníamos los martes.

Evocación: ambiente de despacho. Una puerta se abre con brusquedad, pasos se acercan a la carrera.

Estaba en el despacho, en el ministerio, cuando entró un compañero y encendió una televisión que tenía allí.

Evocación: una televisión se enciende con un mando a distancia.

Ni me dijo nada, solo encendió la televisión.

HALCÓN

¿Qué recuerda de aquello?

PRESIDENTE DE EE. UU.

(*Evocación, en televisión, en inglés.*) Hoy es un día histórico para este país y para el mundo. No ha sido un camino fácil y por eso precisamente lo hemos emprendido. América significa esfuerzo. América significa trabajo duro. Pero América también significa esperanza. Y hoy vamos a proporcionar esperanza al mundo. Un nuevo horizonte. Hemos vivido mucho desde aquel lejano 4 de julio de 1776, pero una cosa permanece. Nuestra ambición por marcarnos nuevas metas. Por llegar más lejos. Por llegar antes. Por eso estamos aquí.

ARIADNA

(*Sobre lo anterior. Divertida.*) Pues, mire, me acuerdo que pensé: «Qué guapos son todos». Porque me lo parecieron, es la verdad. Ya ven qué tontería, ¿no? Qué... trivialidad. Pero es verdad, pensé: «Qué bien hacen estas cosas los americanos. Han ido a buscar a los militares más guapos de su ejército».

HALCÓN

Ya.

ARIADNA

Pero, hablando en serio, recuerdo, sobre todo, pensar: «¿Cómo no se nos ha ocurrido a nosotros?».

GAVIOTA

¿A qué se refiere?

Fin de la evocación.

ARIADNA

Nosotros, en el Teide, estábamos experimentando con mejoras genéticas muy... modestas. Oxigenar mejor la sangre, mejorar la elasticidad muscular, tejido cutáneo y subcutáneo autorreparable... Cosas así. Y, de repente, los estadounidenses presentan un escuadrón de militares ambidiestros que ven en la oscuridad, que pueden contener la respiración durante una hora, que pueden pasarse sin comer seis días... ¿Qué más? Ya ni me acuerdo.

GAVIOTA

No dormir.

ARIADNA

Ah, sí. Que pueden estar sin dormir no sé cuánto...

HALCÓN

¿Qué diría que supuso aquella rueda de prensa?

ARIADNA

Lo cambió todo. Para todos. Ese fue el inicio de la auténtica carrera, ahí es cuando empezó de verdad. Hasta ese momento, estábamos tanteando el terreno. No sé si porque nadie se atrevía o porque nadie lo creía posible.

CUERVO

Los rusos llegaron poco después.

ARIADNA

Antes fueron los chinos.

PRESIDENTE CHINO

(*Evocación, en televisión, en chino.*) El mundo está cambiando y China cambia con él. Lo que hoy voy a presentarles transformará para siempre nuestro papel en el tablero internacional.

ARIADNA

(*Sobre lo anterior.*) Les copiaron la presentación, solo que ellos lo hicieron más… chino. En vez de tener a diez soldados guapos, pusieron a quinientos delante de las cámaras. Ni parpadeaban. Daba miedo.

Se manipulan unos papeles.

HALCÓN

Señora Losada, en aquella época usted aparecía mucho en los medios hablando de la teoría de la disuasión.

ARIADNA

Sí.

HALCÓN

Insistía mucho en eso.

ARIADNA

Era mi trabajo, me lo habían pedido.

HALCÓN

¿Quién?

ARIADNA

Presidencia. El presidente. Recordarán que parte de la población, bastante parte además, estaba en contra del centro del Teide.

CUERVO

Sí.

ARIADNA

Había que convencer a la opinión pública de que la inversión en mejorados no implicaba necesariamente su uso. Nadie había utilizado mejorados en acciones de guerra. Yo intentaba explicar que eran armas disuasorias y que por eso nosotros las necesitábamos también.

HALCÓN

Como en la Guerra Fría.

ARIADNA

Peor. Lo llamaron Segunda Guerra Fría, pero, en mi opinión, era peor. Porque, en el siglo XX, había dos potencias, dos actores. Ahora teníamos Estados Unidos, Rusia, China, India, Corea del Norte... Y todos desconfiaban de todos.

CUERVO

¿Qué escenarios geopolíticos manejaban desde el Gobierno?

ARIADNA

Muchos, pero cambiaban cada día. En el peor de todos, España, nuestro país, se convertía en un escenario de guerra.

CUERVO

¿Había planes de contingencia para eso?

ARIADNA

Había planes de contingencia para evitar eso. Para no llegar a ese punto.

CUERVO

¿Cuáles?

ARIADNA

Básicamente, la alianza con Estados Unidos.

GAVIOTA

¿Por eso asumieron los estadounidenses el control del Teide?

ARIADNA

Sí.

GAVIOTA

Muchos criticaron esa maniobra. Les pareció una... sumisión.

ARIADNA

¿Y cuál era la alternativa? No había alternativa. Teníamos que tomar parte. Había que alinearse con alguien y elegimos a nuestro aliado natural. Todos los países europeos lo hicieron y todos fueron con Estados Unidos.

GAVIOTA

Pero no todos cedieron sus instalaciones genográficas.

ARIADNA

Algunos eran más fuertes y pudieron permitirse poner condiciones. No era nuestro caso. En ese momento, se lo recuerdo, teníamos una tasa de paro del 37 por ciento.

Evocación: disturbios en una calle española. Carreras, cargas de antidisturbios, cócteles molotov, mobiliario urbano lanzado contra escaparates.

Había manifestaciones todos los días. En Madrid, en Barcelona, en Valencia, en Sevilla... Y literalmente todos los días había imágenes en los informativos de ciudadanos sangrando. A eso súmele el lío que teníamos con Marruecos, que no paraba de mandarnos gente a través de la frontera. Analizar las crisis *a posteriori* es fácil. «¿Cómo se pudo hacer esto? ¿Cómo se pudo hacer lo otro?». Lo difícil es estar ahí, al pie del cañón, sin saber lo que va a pasar al día siguiente.

Fin de la evocación.

CUERVO

Señora Losada, una cuestión. Si no la he entendido mal... Ha dicho que, cuando empezó a hablar de la teoría de la disuasión, los mejorados no habían entrado en combate.

ARIADNA

Sí.

CUERVO

Sabe que eso no es cierto.

ARIADNA

Bueno, no...

CUERVO

(*Interrumpe.*) Los mejorados ya se usaban con fines bélicos por entonces.

ARIADNA

Pero solo a pequeña escala. Nadie invadió un país con mejorados, a eso me refiero. Eran... escaramuzas.

GAVIOTA

En el golpe de Estado de Turquía se usaron mejorados.

ARIADNA

Eso nunca se pudo verificar.

GAVIOTA

Tampoco se pudo demostrar lo contrario.

CUERVO

Señora Losada, ¿usó el Estado español mejorados con fines bélicos?

Una pausa.

HALCÓN

No tiene que responder si no quiere.

ARIADNA

Quiero responder. He venido, voy a responder a todo.

Una pausa.

CUERVO

¿Y bien?

ARIADNA

Una vez. Se usaron una vez.

CUERVO

¿Contra quién?

ARIADNA

No lo planteemos así, por favor.

CUERVO

Bien. ¿Cuándo...? ¿En qué operación participaron los mejorados españoles?

Evocación: disparos resonando en una calle vacía, todoterrenos que pasan a toda velocidad.

ARIADNA

Recordarán que, en agosto del 35, se produjo el genocidio de la República Argelina.

GAVIOTA

Sí.

ARIADNA

Se cometieron miles de asesinatos indiscriminados. El instigador del genocidio, Djamel Benameur, usó mejorados. Eran de clase D, con modificaciones leves.

CUERVO

Eso nunca se dijo.

ARIADNA

A nosotros nos informó el Gobierno estadounidense. Querían usar nuestras bases aéreas y el centro del Teide.

HALCÓN

No recuerdo que Argelia tuviese un centro genográfico.

ARIADNA

Eso es porque no lo tenía. Los países musulmanes estaban en contra de la manipulación genética.

HALCÓN

¿Y de dónde sacaron los mejorados?

ARIADNA

Según la CIA, se los compraron a Rusia. Ahí supimos que había un contrabando global de mejorados. Era cuestión de tiempo.

Fin de la evocación.

CUERVO

¿Cuál fue el papel de los mejorados españoles en el conflicto de Argelia?

Una pausa.

ARIADNA

Bueno, qué importa ya. (*Suspira.*) Estados Unidos nos pidió efectivos y nosotros se los cedimos. No podíamos negarnos.

Eran nuestros hombres y nuestras mujeres, pero las mejoras las habían hecho los estadounidenses. Las habían diseñado y pagado ellos.

HALCÓN

¿Cuántos efectivos?

ARIADNA

Dos mil. De clase C.

HALCÓN

Recuérdenos qué implicaba esa categoría.

ARIADNA

Mejoras físicas y mentales moderadas. Podían aguantar sin dormir… tres días, me parece. Podían ver bien en condiciones de luz muy baja y su sangre oxigenaba el triple de lo normal.

CUERVO

¿Qué pasó con ellos?

ARIADNA

(*Incómoda.*) No lo sé.

CUERVO

¿No lo sabe?

ARIADNA

Estaban allí cuando todo se derrumbó. Supongo que muchos
morirían. El resto... seguirán en Argelia, no lo sé.

HALCÓN

Antes de entrar en eso, me gustaría volver un momento a La
Cábala. Durante esos años, 2033, 2034 y 2035, La Cábala
seguía operativa.

ARIADNA

Sí. A medio gas, pero sí.

HALCÓN

¿Estaba usted al tanto de sus avances?

ARIADNA

El centro no era de mi competencia, pero sabía lo que pasaba, sí.

HALCÓN

¿Recuerda algo en particular?

ARIADNA

En ese momento, ya se lo he dicho, tenía otras preocupacio-
nes. Y no eran pequeñas. Pero recuerdo que el grupo aquel
de filósofos, teólogos y antropólogos seguían publicando
cosas. Y continuaban dándole vueltas a la fórmula, por supuesto. Era como si lo que pasaba en el mundo no fuese con
ellos. Casi nadie les hacía caso, ya ni salían en los medios
prácticamente. Hasta que se produjo la alerta.

CUERVO

Hablemos de eso. ¿Cómo fue? ¿Cómo se vivió desde el Gobierno?

ARIADNA

Pues con mucho estrés, como imaginarán.

CUERVO

¿Cómo se enteraron de lo que pasaba?

ARIADNA

Nos llamaron los franceses. Habían detectado movimiento en la frontera.

CUERVO

¿Movimiento de gente?

ARIADNA

Islamistas. Los tenían fichados, casi todos eran de París. O venían de París, vaya. Se estaban concentrando en un pueblo, Arrien no sé qué.

Se manipulan unos papeles.

GAVIOTA

Arrien-en-Bethmale.

ARIADNA

Sí. Estaba en los Pirineos, relativamente cerca del perímetro militar que se estableció alrededor de La Cábala. Lo suficiente como para que nos preocupase.

CUERVO

¿Eran mejorados?

ARIADNA

No. Eran personas normales, si es que esa gente puede considerarse normal.

HALCÓN

¿Qué pasó tras la llamada del Gobierno francés?

ARIADNA

Analizamos la información con ellos, tuvimos unas cuantas videollamadas, también con Bruselas y con Estados Unidos. Y decidimos actuar.

CUERVO

Detenerlos.

ARIADNA

Sí.

Evocación: una docena de militares cargados de equipo se mueve sigilosamente por una calle deshabitada.

GAVIOTA

¿Qué falló?

ARIADNA

Bueno... Los franceses dirán que nosotros, y nosotros... o yo digo que los franceses. Hubo desorganización, vamos a dejarlo ahí.

Evocación: los pasos de los militares se detienen. Una puerta es violentamente derribada.

Y, cuando los militares llegaron al pueblo, los islamistas ya se habían marchado.

GAVIOTA

¿Adónde?

ARIADNA

A saber. A los Pirineos, a las montañas... A cualquier parte.

HALCÓN

¿De cuánta gente estamos hablando?

ARIADNA

No se sabía con exactitud, pero, según los interrogatorios que se hicieron en el pueblo, eran entre ocho y doce.

CUERVO

¿Sabían ustedes que llevaban explosivos?

ARIADNA

Lo supimos entonces.

Evocación: dos perros se pasean por un cuarto cerrado olisqueando a su alrededor.

Los perros encontraron rastros de peróxido de acetona en la casa rural donde se habían alojado. Lo llamaban «la madre de Satán».

Fin de la evocación.

CUERVO

Y decidieron desalojar La Cábala.

ARIADNA

De inmediato. No sabíamos cuándo planeaban atacar, pero estaba claro que pensaban hacerlo.

CUERVO

¿Cree que los terroristas contaban con eso, con que desalojasen La Cábala?

ARIADNA

No lo sé. No los tengo por tan listos. Pero aprovecharon bien la circunstancia, eso está claro.

Se manipulan unos papeles.

CUERVO

Las explosiones se produjeron entre las 17.26 y las 17.29 del 12 de septiembre de 2035.

ARIADNA

No recuerdo la hora exacta. Pero fue ese día, sí, el mismo del desalojo.

HALCÓN

¿Cómo hicieron los terroristas para meterse dentro?

> *Evocación: una alarma resuena en un largo pasillo. Decenas de personas caminan deprisa por él. Voces inquietas en distintos idiomas.*

ARIADNA

Bueno, la evacuación del personal llevó varias horas. La plantilla de La Cábala ya estaba bastante mermada, pero, aun así, trabajaban más de mil personas allí.

> *Evocación: ambiente de montaña. Un convoy de jeeps circula por una carretera.*

Se los sacaba por carretera, en jeeps, uno detrás de otro, y se los llevaba hasta un claro que había a unos... veinte, veinticinco minutos.

> *Evocación: un helicóptero nos sobrevuela, muy cerca.*

Ahí se los metía en un Superpuma que los iba llevando hasta un pueblo, Castejón de Sos, en Huesca.

GAVIOTA

Perdón, ¿un Superpuma?

ARIADNA

Un helicóptero. Sin contar la tripulación, caben dieciséis personas. Imagínense. Teníamos siete helicópteros, cuatro nuestros y tres franceses, pero aun así... No quiero decir que fuese un caos, pero no fue la operación más organizada del mundo.

> *Evocación: una alarma resuena en un largo pasillo. Varias personas caminan deprisa por él.*

Y los terroristas lo aprovecharon para colarse dentro de La Cábala.

> *Evocación: en el pasillo, con la alarma de fondo, una ráfaga de metralleta. Gritos de pánico. Varios cuerpos se desploman al suelo.*

Mataron a nueve personas que se cruzaron por el camino. Unos cuantos fueron hasta el Domo, otros se repartieron por las instalaciones y...

> *Evocación: una sucesión de explosiones en un interior.*

Lo volaron todo. Todavía quedaban más de doscientas personas dentro. Una tragedia.

CUERVO

La Cábala ya nunca volvió a abrir.

ARIADNA

No. Ahí se acabó.

Fin de la evocación.

CUERVO

Y usted fue relevada de su cargo.

ARIADNA

No en ese momento. Tres meses después.

HALCÓN

En esos tres meses pasaron muchas cosas.

ARIADNA

Más que en los dos años anteriores, que ya es decir. La tensión global era insoportable. Cada mañana parecía que… que ya estaba, que se rompía. Sobre todo, cuando asesinaron a Schumer. Era justo lo que todo el mundo temía que pasara. Y pasó. Acabó pasando.

CUERVO

Conocemos la versión oficial, por supuesto, pero ¿puede usted aportarnos algún dato?

ARIADNA

No, bueno, fue como se dijo. Un mejorado chino se coló en la Casa Blanca, nadie sabe cómo.

Evocación: una puerta de madera se abre despacio. Pasos sigilosos avanzan unos metros. Dos disparos con silenciador.

Llegó al ala oeste, mató al presidente Schumer y a su mujer mientras dormían y luego se prendió fuego, allí mismo.

Evocación: una pira empieza a arder violentamente.

Los del servicio secreto no oyeron nada, aunque la mayoría eran también mejorados.

Evocación: una alarma antiincendios. Los aspersores empiezan a lanzar agua.

Se enteraron de que había un intruso cuando se disparó el sistema antiincendios. Tarde.

Fin de la evocación.

HALCÓN

¿Usted estaba en el cargo todavía?

ARIADNA

Me quedaba una semana. Algo menos, días.

CUERVO

Parece un mal momento para cambiar la ministra de Defensa, con una guerra en ciernes.

ARIADNA

O el mejor. Yo, sinceramente, no veía la hora de salir del ministerio. El papel de España ya sabía cuál iba a ser: aportar carne de cañón a los planes de Estados Unidos, los que fuesen.

GAVIOTA

El mundo entero contenía el aliento aquellos días.

ARIADNA

No era para menos, por mucho que China dijese que era un lobo solitario y por mucho que lo fuese seguramente. Los chinos no estaban tan locos ni tenían ningún motivo para hacer algo así. El caso es que la carrera tomó velocidad de crucero. Cuando dejé el ministerio, me acuerdo de que Estados Unidos tenía trescientos mil soldados mejorados ya, la mayoría de clase A. China, otros tantos. Y Rusia, nadie lo sabía. Y luego estaba la India, que no quería problemas, pero tampoco iba a quedarse de brazos cruzados y se puso a mejorar soldados a toda velocidad. Mirases donde mirases, todo lo presagiaba. Habría guerra.

CUERVO

Solo que no la hubo.

ARIADNA

No. (*Afectada.*) No...

GAVIOTA

1 de enero de 2036.

ARIADNA

(*Con la voz quebrada.*) Sí. Perdón.

GAVIOTA

Podemos hacer un receso, si lo necesita.

ARIADNA

No. Acabemos.

GAVIOTA

¿Cómo recuerda aquel día?

Evocación: ambiente de una cocina. Una cucharilla en una taza. Una notificación en un móvil con un sonido futurista. El microondas en marcha.

ARIADNA

Estábamos en casa, desayunando. Mi hija... (*Se emociona, se interrumpe, respira.*) Mi hija, mi marido y yo. Recuerdo que... Tengo la imagen grabada.

Evocación: pitido del microondas.

Me levanté a coger la leche del microondas y entonces oí los golpes detrás de mí, en la mesa.

Evocación: dos cabezas golpeando contra la mesa. Una de ellas pega en una taza, volcándola y derramando su contenido. Queda un goteo persistente.

Dos golpes. Seguidos. Pum, pum. Pensé que era una broma, mi marido y mi hija haciendo el tonto. Entonces me giré y... (*Se interrumpe, trata de contener el llanto.*) Estaban tirados sobre la mesa. Sus cabezas estaban... Mi hija había volcado una taza. El café estaba mojando su móvil, por eso supe que no era una broma. Me acerqué y vi que no... no... respiraban.

Evocación: una jarra de cristal estalla contra el suelo.

Luego oí un estruendo fuera, en la calle. Un coche, un accidente.

Evocación: a una cierta distancia y al otro lado de una ventana, un coche se empotra con otro.

Y luego, otro.

Evocación: a una cierta distancia y al otro lado de una ventana, una concatenación de coches chocando entre sí y contra el mobiliario urbano.

Y otro. Y otro.

Evocación: a una cierta distancia y al otro lado de una ventana, gritos desesperados de personas, cada vez más.

Y gritos. Lo que más recuerdo de ese día son los gritos. Todo el mundo gritaba.

GAVIOTA

¿Qué pensó que pasaba?

ARIADNA

Pensé... Primero pensé que había un escape de gas. Algo así. Luego, cuando oí los coches, pensé: «No es en casa. No es aquí, no es eso». Y luego... (*Se interrumpe. Lucha por controlar el llanto regulando su respiración.*) Vi un avión. Por la ventana. Era grande, de pasajeros.

Evocación: a una cierta distancia y al otro lado de una ventana, siguen los gritos y los ocasionales accidentes de coche. Más lejos, una violenta y enorme explosión: un avión se estrella contra un edificio.

Cayó a plomo, en mitad de la ciudad. En mitad de Madrid.
Ya sé que cayeron muchos, pero... yo vi ese.

Fin de la evocación.

HALCÓN

¿No llamó al Gobierno, a sus contactos?

ARIADNA

Llamé a Francisco, mi sustituto.

HALCÓN

El ministro de Defensa.

ARIADNA

Sí. Al principio, los teléfonos todavía funcionaban. Luego
todo se apagó y... (*Rompe a llorar.*) Perdí todas las fotografías
de mi hija. De cuando era pequeña. De bebé y de niña. Las
tenía en la nube y las perdí todas. Cada vez me cuesta más
recordar cómo era.

Se enjuga las lágrimas con un pañuelo, se suena los mocos.

Perdón.

CUERVO

No, por favor.

ARIADNA

Todos pasamos por lo mismo. No tengo ningún derecho a...
Perdón. (*Toma aire. Se tranquiliza.*) Acabemos con esto.

HALCÓN

Podemos tomarnos un descanso.

ARIADNA

(*Firme.*) No. Acabemos.

CUERVO

Nos decía que llamó al ministro de Defensa.

ARIADNA

Sí.

CUERVO

¿Qué le dijo?

ARIADNA

Nada, no... no me cogió. Pero da igual. En ese momento, yo ya sabía lo que pasaba.

CUERVO

¿A qué se refiere?

ARIADNA

Los coches, los aviones, los cadáveres por el suelo... Sabía que estaba pasando en todo el mundo. Estaba segura. Era un castigo. Ella, La Entidad, nos estaba castigando. Pudo habernos extinguido, matarnos a todos de la noche a la mañana, así.

Chasqueo de dedos.

Pero no nos extinguió. No, hizo algo peor. Nos diezmó. Aniquiló a los suficientes para devolvernos a… Aquí. Nos atrasó siglo y medio en un segundo. Ese fue su último mensaje. Estoy segura de que no volveremos a saber de ella en mucho tiempo. O a lo mejor… No sé. A lo mejor nunca volvemos a saber de ella.

> *Un silencio. Se recogen y ordenan varios papeles.*

ARIADNA

> (*Suspicaz.*) ¿Qué?

> *Pausa. No hay respuesta.*

> ¿Qué pasa? ¿Qué he dicho?

CUERVO

> Nada.

ARIADNA

> (*Suspicaz.*) No. Saben algo.

GAVIOTA

> Señora Losada, le agradecemos que se haya prestado a…

ARIADNA

> (*Interrumpe, asombrada por su propio pensamiento.*) ¿Ha vuelto a comunicarse?

> *Pausa. No hay respuesta.*

(*Incrédula, afectada.*) No. No puede ser. ¿Han vuelto a hacer contacto? ¿Han vuelto a hablar con La Entidad?

HALCÓN

Ariadna, por favor, es mejor que no saques conclusiones.

ARIADNA

¡¿Es mejor, sí?! ¡¿Para quién?!

Pausa. No hay respuesta.

¿Cómo lo han hecho? Ya no hay centros genográficos, no hay infraestructuras, no... No se puede... ¿Cómo lo han hecho?

GAVIOTA

A su debido tiempo se harán públicas las actas de esta comisión.

Una silla se desliza, un cuerpo se levanta.

ARIADNA

(*Apartándose del micrófono.*) ¡¿Estáis locos?! ¡¿No veis lo que nos hizo?!

HALCÓN

Ariadna, por favor, cálmate.

ARIADNA

¡Y una mierda! (*Subraya sus palabras golpeando la mesa con los dedos.*) ¡Si está pasando algo, tengo todo el derecho a saberlo! ¡He venido aquí, os lo he contado todo!

CUERVO

Señora Losada, esto no es un *quid pro quo*. Usted ha venido aquí desinteresadamente, no a cambio de información.

ARIADNA

(*Cayendo en la cuenta.*) Sabéis lo que ha dicho.

HALCÓN

Ariadna, por favor.

ARIADNA

No me lo puedo creer... (*Furiosa, indignada.*) ¡Lo sabéis! ¡La Entidad ha vuelto a hablar y vosotros sabéis lo que ha dicho!

CUERVO

(*A un lado.*) Para la grabación.

GAVIOTA

(*Levantándose.*) Sí.

Una silla se desliza. Pasos se alejan deprisa.

ARIADNA

(*Furiosa.*) ¿Qué ha dicho? ¡Decídmelo! ¡Ahora!

HALCÓN

Ariadna...

(*A medida que habla, rompe a llorar con furia.*) ¡Tengo derecho a saberlo! ¡Mató a toda mi familia! ¡Mató a mi hija! ¡Exijo saber cómo justifica Dios haber matado a tres mil millones de perso…!

La grabación se corta abruptamente.

CAPÍTULO 8

—

Omnia exeunt in mysterium

Los hombres de ciencia sospechan algo sobre el mundo, pero lo ignoran casi todo. Los sabios interpretan los sueños, y los dioses se ríen.

H. P. LOVECRAFT

La audiencia se celebra en la sala de un palacio con paredes y suelo de mármol, ante una mesa de madera maciza. Los tres miembros de la comisión, CUERVO, HALCÓN y GAVIOTA, están sentados uno al lado del otro. Disponen de papeles y material de escritura.

La sesión se graba en una antigua cinta de bobina abierta. El grabador se encuentra en la misma sala, no lejos de la mesa. Hay dos micrófonos: uno para MOISÉS, el compareciente de esta sesión, y otro que comparten los tres miembros de la comisión.

Se pasan páginas en unos informes. Mientras:

MOISÉS

(Tararea, en bajo, una melodía; desde ahora, simplemente, «la melodía».)

HALCÓN

Moisés.

MOISÉS

(Deja de tararear.)

HALCÓN

Te llamas así. Moisés.

MOISÉS

Sí.

HALCÓN

Ajá.

CUERVO

¿Cuántos años tienes? Aquí no lo pone.

MOISÉS

Diecisiete. Tengo diecisiete.

GAVIOTA

Bueno, esto es impresionante.

Un informe se cierra.

Aunque hay algunas cosas... llamativas.

CUERVO

Sí, yo tengo unas cuantas preguntas. Bastantes.

MOISÉS

Vale. Para eso estoy aquí.

CUERVO

Vayamos en orden. Empecemos por el Cataclismo, ¿eh? Tú tenías doce años.

MOISÉS

Sí.

Se pasa una página en un informe.

HALCÓN

Pone aquí que perdiste a tus padres. ¿Quieres contarnos cómo fue, cómo lo viviste?

Evocación: ambiente interior de una casa. A una cierta distancia y al otro lado de una ventana, concatenación de coches chocando entre sí y contra el mobiliario urbano. Gritos desesperados de decenas de personas.

MOISÉS

Estaba en la cama. No me había levantado todavía.

Evocación: a una cierta distancia y al otro lado de una ventana, además de lo anterior, la violenta explosión de una gasolinera.

Me despertaron los ruidos fuera, en la calle.

GAVIOTA

¿Y tus padres?

Evocación: además de lo anterior, el agua corre en una ducha.

MOISÉS

A mi padre me lo encontré en el baño. En la bañera. Se estaba duchando cuando pasó.

Evocación: sigue todo, salvo el agua de la ducha.

Mi madre estaba en la cocina.

HALCÓN

¿Qué hiciste en ese momento?

MOISÉS

No lo sé. Tengo como un... vacío.

Las evocaciones se deforman en respuesta a la falta de recuerdos del personaje. Luego se extinguen.

Creo que llamé a mi tía y... me parece que salí al descansillo, que llamé a los vecinos, pero... No lo sé. No estoy seguro.

CUERVO

Bueno. Es normal, tranquilo. ¿Qué es lo primero que recuerdas con claridad?

MOISÉS

Estar encerrado. En mi cuarto. Pasé unos días allí. Sin dormir.

HALCÓN

¿Qué hacías?

MOISÉS

Nada. Esperar. No podía hacer nada. No había internet ni teléfono. Luego también se fue la luz.

HALCÓN

Ya.

CUERVO

¿Los... cuerpos de tus padres seguían en la casa?

MOISÉS

Sí, en el baño y en la cocina. No me atreví a tocarlos. Hasta que ya no pude aguantar el olor y los tuve que sacar a la calle. Vi por la ventana que la gente lo hacía.

GAVIOTA

¿Los sacaste tú solo?

MOISÉS

Sí. Primero bajé a mi madre, que era más fácil. Mi padre pesaba más y... tuve que vestirlo. (*Con un hilo de voz.*) Estaba desnudo. (*Carraspea.*) ¿Puedo beber agua?

GAVIOTA

Claro. Claro.

Una jarra se levanta de la mesa. Se vierte agua en un vaso. El vaso se desliza por la mesa.

Ten.

MOISÉS

Gracias.

El vaso se levanta de la mesa.

(*Bebe.*)

El vaso se apoya de nuevo en la mesa.

Lo malo… (*Carraspea.*) Lo malo fue el olor. El de la calle, digo.

Evocación: cientos de moscas zumbando.

No podía abrir las ventanas del olor que subía. Aun así, el olor se metía dentro. Luego ya pasaron los camiones y se llevaron todos los cadáveres.

Fin de la evocación.

Creo que eran voluntarios. Eso me dijeron.

HALCÓN

Sí. Cuando empezaron a volver las enfermedades, alguna gente se organizó para llevarse los cuerpos. Los quemaban en… zonas apartadas.

MOISÉS

Sí, eso lo vi.

CUERVO

¿Lo viste?

MOISÉS

Vi cadáveres quemados. Pero eso fue mucho más tarde.

GAVIOTA

Entonces no nos adelantemos. ¿Cómo te alimentabas en esa época? ¿Tenías comida?

MOISÉS

Sí, en casa siempre había latas. Mis padres trabajaban fuera, se pasaban fuera todo el día, y yo solía comer latas. Aunque no tenía hambre. Y vomitaba mucho, por el olor. Luego, cuando se llevaron los cadáveres, pues ya mejor.

HALCÓN

¿Y cuando se te acabó la comida? Porque supongo que se te acabaría, por muchas latas que tuvieras.

MOISÉS

Estuve unos días sin comer. No me atrevía a salir de casa. Intentaba no asomarme mucho a la ventana, pero aun así... veía lo que pasaba fuera. Y lo oía.

CUERVO

Ya.

Evocación: dos camiones militares avanzan por una calle desierta. Se detienen.

MOISÉS

Luego empezaron a repartir los paquetes aquellos. Justo a tiempo porque... casi ni podía moverme.

Evocación: un centenar de personas, en una cola, gimen de hambre. Apenas articulan palabras.

No era fácil cogerlos, sobre todo estando como estaba yo. Había perdido muchos kilos. Pero, bueno, casi todo el mundo estaba igual. Algunos peor. Un vecino mío se murió en la cola, esperando para el paquete. Había un militar que solía guardar paquetes para los niños que estábamos solos. Siempre me buscaba y me daba uno. Aun así no comía mucho.

Pausa.

HALCÓN

(*Suspira.*) Has pasado por mucho, Moisés.

MOISÉS

Y todos.

HALCÓN

Pero tú has llegado hasta aquí. Muchos no aguantaron. No lo soportaron.

MOISÉS

Ya, sí. No sé.

CUERVO

Moisés...

Se pasan páginas en un informe.

¿Cuándo supiste que eras diferente?

MOISÉS

(*Piensa.*) Mmm...

CUERVO

¿Entiendes lo que quiero decir?

MOISÉS

No me gusta mucho lo de «diferente».

Se pasa una página.

CUERVO

Dice aquí que tienes un cociente intelectual de ciento noventa. Entiendo que es correcto.

MOISÉS

Supongo.

GAVIOTA

Estás tres niveles por encima de la genialidad. Son treinta puntos más que Einstein. ¿Sabes quién fue Einstein?

MOISÉS

(*Sonríe, animado.*) Sí, claro. La relatividad especial, la relatividad general, el movimiento browniano...

HALCÓN

No hay mucha gente de tu edad que sepa de esos temas.

MOISÉS

Me interesan las cosas. Si leo algo, se me queda grabado. Me pasa desde pequeño.

HALCÓN

(*Divertido.*) ¿Incluso la teoría de la relatividad?

MOISÉS

(*Sonríe, pícaro.*) No es tan complicada.

HALCÓN

(*Divertido.*) ¿No?

MOISÉS

No. Si se lee cuando toca, no.

HALCÓN

(*Ríe.*) ¿Cuando toca? ¿Y cuándo toca?

MOISÉS

Después de leer a Newton y a Faraday y a Maxwell. Una cosa lleva a la otra.

GAVIOTA

¿Has leído a esos autores?

MOISÉS

Sí.

GAVIOTA

¿Dónde? Dejaste de ir al colegio a los doce años.

MOISÉS

Mi madre tenía muchos libros.

HALCÓN

¿Era científica?

MOISÉS

(*Divertido.*) No. No, qué va. Era música.

Evocación: un solo de violonchelo toca «la melodía».

Tocaba el violonchelo en la Orquesta Nacional. Pero le gustaba mucho la ciencia. Le interesaba saber por qué las cosas son como son. De pequeño, me explicaba muchas cosas. Por qué brilla el sol, cómo funciona una célula, cómo funciona el cerebro… Esas cosas. Después del Cataclismo, leí todo lo que tenía en casa. De música, de matemáticas, de física… Y, cuando se me acabaron los libros, salí a buscarlos.

GAVIOTA

¿Adónde?

MOISÉS

A librerías. La gente saqueó todas las tiendas menos las librerías. Los libros no le importaban a nadie. Leí mucho.

Fin de la evocación.

CUERVO

Eso es estupendo, Moisés, pero no has respondido a mi pregunta. ¿Cuándo supiste que eras diferente?

MOISÉS

(*Farfulla.*) Cuando lo del arroyo.

CUERVO

Habla más alto, por favor.

MOISÉS

(*Carraspea y habla más alto.*) Cuando lo del arroyo. Cuando pasó lo del arroyo.

CUERVO

¿Nos lo quieres contar?

Evocación: agua corriendo por un arroyo. Rumor de voces.

MOISÉS

Había pasado como un año. Algo más. No salía mucho. A buscar libros y, de vez en cuando, a por agua. Mucha gente lo hacía, porque la que venía en los paquetes sabía a hierro. Iba al arroyo de Meaques, que estaba un poco lejos, pero así evitaba las zonas más peligrosas. Ir y volver con la garrafa me llevaba medio día. Salía al amanecer. Una mañana, nada más llegar, me di cuenta de que el agua no estaba bien.

HALCÓN

¿Qué quieres decir?

MOISÉS

Que algo le pasaba. Al agua.

GAVIOTA

¿Olía mal?

MOISÉS

No. No olía a nada.

CUERVO

¿Entonces? ¿Había peces muertos o...? (*Deja la frase en el aire.*)

MOISÉS

Allí no había peces. No se veía nada ni se olía nada, no era eso. Pero yo sabía que algo iba mal. No sé explicarlo mejor.

Una pausa.

CUERVO

Vale. Sigue.

MOISÉS

En la orilla había bastante gente. Cogiendo agua. Allí siempre
había gente, por eso iba. Me acerqué y les dije que era mejor
que la dejaran, que no se la bebieran.

CUERVO

Imagino que no te hicieron caso.

MOISÉS

Solo una mujer. Me preguntó qué pasaba, por qué lo decía, y
le expliqué… Pues eso. Que el agua me daba malas sensacio-
nes. Ella se lo pensó un rato y me dijo que había otro arroyo
no muy lejos. Los Combos se llama. Me propuso ir juntos y
me pareció bien. Así era menos peligroso.

Fin de la evocación.

De camino, me estuvo contando que era de Honduras, pero
que llevaba mucho tiempo en España. Ella también había perdido a su familia en el Cataclismo. Ahora vivía con su cuñado.
Bueno, la cuestión es que, desde ese día, empecé a ir allí a por
agua. A Los Combos. Me quedaba un poco más lejos de casa,
pero allí no tenía la sensación que había tenido en el Meaques.
Y entonces, la cuarta o quinta vez que fui, volví a encontrar-
me con ella.

HALCÓN

¿Con la mujer?

MOISÉS

Sí. Habrían pasado como… dos meses. Me dijo que iba casi
todos los días para ver si me veía.

GAVIOTA

¿Por qué?

MOISÉS

Una vecina suya bebió del Meaques y se puso muy enferma.
Le pasó a más gente, a todos los que bebieron de allí. Resulta
que habían tirado cadáveres más arriba y el agua se había
envenenado. Quería preguntarme si yo sabía eso, lo de los
cadáveres. Le dije la verdad, que no, ¿por qué iba a saberlo?
No. Ella estaba muy nerviosa, ya me lo pareció desde el principio, y me trataba… No sé. Fue raro. Luego se empeñó en
acompañarme a casa y me estuvo preguntando un montón de
cosas.

CUERVO

¿Qué clase de cosas?

MOISÉS

Sobre mí. Si era religioso, si estaba bautizado… Cosas así.
Raras. Al llegar a casa, se marchó, pero, al día siguiente, estaba otra vez delante de mi puerta, solo que ahora iba con un
hombre. Me dijo que era su cuñado.

HALCÓN

Mmm. ¿No te asustaste?

MOISÉS

Al principio sí, pero, no sé, parecían buena gente. En ese momento, me parecieron buena gente.

GAVIOTA

¿Qué querían?

MOISÉS

Ella estaba convencida de que yo tenía... poderes.

CUERVO

¿Poderes?

MOISÉS

Sí.

GAVIOTA

Poderes ¿cómo? ¿Mágicos?

MOISÉS

Algo así. Por lo del arroyo. Su cuñado estaba muy nervioso. Al principio no dijo nada, pero luego me empezó a contar que su hija se murió en el Cataclismo. Tenía ocho años. Me dijo que tuvo el cuerpo en casa, en una cama creo que me dijo, hasta que ya no pudo aguantar el olor y la bajó a la calle. Lo que hizo todo el mundo. Lo mismo que yo con mis padres.

CUERVO

Sí.

MOISÉS

Y, claro, un día llegaron los camiones y se la llevaron. Estaba muy enfadado por eso.

HALCÓN

¿Porque se la llevaron?

MOISÉS

Sí. Decía que no le habían pedido permiso, que él quería...
Que quería enterrarla, que tenía que enterrarla. Me contó que
no podría descansar ni morirse hasta que la enterrase.

GAVIOTA

Pero el cuerpo de la niña... Quiero decir... ¿Sabía dónde estaba?

MOISÉS

Preguntó por ahí y se enteró de que los cadáveres de su zona
se incineraron en un estadio de fútbol. El Santiago Bernabéu.

HALCÓN

¿Y qué quería de ti?

MOISÉS

Que encontrase el cuerpo.

    Una pausa.

GAVIOTA

¿Qué le dijiste?

MOISÉS

Que no podía. Que no podía hacerlo. Lo que pasa... (*Deja
la frase en el aire.*)

GAVIOTA

¿Qué?

HOMBRE HONDUREÑO

(*Evocación, llora, abatido.*)

MOISÉS

Se puso a llorar. Se arrodilló y empezó a suplicarme. Me cogió de las piernas y no me soltaba. Yo me empecé a asustar. No sabía qué hacer, no quería tenerlos en casa, y se me ocurrió… Les dije que vale. Que los ayudaba. Y nos fuimos los tres.

GAVIOTA

¿Al Santiago Bernabéu?

MOISÉS

Sí.

Fin de la evocación.

No sé cómo está ahora, pero en ese momento estaba todo lleno de huesos de cuando el Cataclismo. Prendieron fuego a los cadáveres y los dejaron allí hasta que se apagaron solos. Los esqueletos estaban más o menos enteros. Negros, quemados, pero enteros. El hombre no quería andar encima de ellos, y se quedó con la mujer en la… zona de alrededor, donde están los asientos.

Evocación: MOISÉS tararea «la melodía» mientras camina. Pasos sobre huesos apilados.

Estuve un rato dando vueltas por el campo, mirando aquellos huesos que... (*en bajo*) eran gente. Habían sido gente.

Fin de la evocación.

CUERVO

¿Sabes si tus padres estaban allí?

MOISÉS

No, a ellos los llevaron al sur. Eso me dijeron, por lo menos.

El vaso se levanta de la mesa.

(*Bebe.*)

El caso es que...

El vaso se apoya de nuevo en la mesa.

Al rato, a los cinco minutos o así, les dije que no podía hacer más y que me iba a casa. Pero el hombre no me dejó.

HOMBRE HONDUREÑO

(*Evocación, agresivo.*) ¡No me mientas! ¡Me estas mintiendo! ¡Quieres engañarme!

MOISÉS

Se puso a gritarme.

HOMBRE HONDUREÑO

(*Evocación, agresivo.*) ¡Deja de tararear! ¿Qué te pasa? ¿Estás loco?

CUERVO

¿Qué tarareabas?

MOISÉS

Una melodía que me tocaba mi madre. No sé de dónde la
sacó. Me sale sola cuando estoy un poco nervioso.

HALCÓN

¿Era lo que estabas tarareando antes?

MOISÉS

Sí.

HALCÓN

Vale. Sigue.

MOISÉS

Me empujó. Me tiró al suelo. Intenté escaparme, pero sacó
un cuchillo y me lo puso aquí, en el cuello.

HOMBRE HONDUREÑO

(*Evocación, agresivo.*) ¡Muévete!

MOISÉS

Me dijo que, si no encontraba a la niña, me mataría y me
dejaría allí.

GAVIOTA

¿No había nadie más?

MOISÉS

Solo nosotros tres.

CUERVO

Y la mujer, su cuñada, ¿no hizo nada?

MOISÉS

Intentó tranquilizarlo, pero él no la escuchaba. Me obligó a volver al campo. Ahora ya no le importaba pisar los huesos. Me decía:

HOMBRE HONDUREÑO

(*Evocación, agresivo.*) ¡Encuéntrala! ¡Encuéntrala!

MOISÉS

(*Al mismo tiempo que lo anterior.*) «¡Encuéntrala! ¡Encuéntrala!». Y me apretaba el cuchillo en el cuello. Me hizo sangre y empecé a marearme, pero pensé: «Si me desmayo, me mata. No me puedo desmayar».

GAVIOTA

¿Cómo escapaste?

MOISÉS

Hice lo que me pidió. Empecé a dar vueltas, «para allí», y luego «para allá». Y lo raro es que… de pronto, supe adónde tenía que ir. Dimos unas vueltas por el campo, me paré, señalé un esqueleto pequeño y le dije: «Es ella».

HOMBRE HONDUREÑO

(*Evocación, llora emocionado.*)

> *Evocación: unas rodillas se clavan en un terreno cubierto de huesos.*

CUERVO

O sea, que le engañaste.

MOISÉS

No. Era ella de verdad. Era su hija.

> *Una pausa.*

CUERVO

No entiendo. ¿Cómo lo sabes?

MOISÉS

Por lo mismo que lo supo él. Por una malformación genética. Su hija tenía seis dedos en el pie izquierdo. Igual que el esqueleto.

> *Una pausa.*

HALCÓN

Moisés, eso es… imposible.

MOISÉS

Pero pasó. Pasó de verdad. Y la cosa es que, al día siguiente, había un montón de gente delante de mi puerta.

Evocación: rumor de una docena de personas conversando en un portal.

Se habían enterado de lo de la niña y querían que les adivinase... de todo. Algunas cosas sí que eran imposibles, y yo se lo decía, les decía «No puedo hacer eso». Otras sí que podía hacerlas. Y las hacía.

CUERVO

¿El qué? ¿Qué hacías exactamente?

MOISÉS

(*Suspira.*) A ver... Primero escuchaba sus historias, lo que tenían que contarme. Les hacía algunas preguntas para entenderlo mejor, y a veces, casi siempre, los acompañaba a sus casas o adonde fuera.

GAVIOTA

¿Te daban algo a cambio?

MOISÉS

Me traían comida y regalos, pero yo solo aceptaba agua, así no tenía que ir al arroyo. Luego empecé a tener demasiada agua y les dije que no me trajeran nada. Llegó un momento en que había... No sé. Como unas cien personas.

Evocación: un centenar de personas tararean «la melodía» con una cadencia propia de una música ritual.

Estaban de día y de noche. No se iban nunca.

Fin de la evocación.

Se pasan páginas en un informe.

CUERVO

Según estos documentos, te pusieron un mote.

MOISÉS

Sí. «El chamán».

CUERVO

¿Sabías lo que significa?

MOISÉS

Claro.

CUERVO

¿Y te lo considerabas realmente? ¿Te consideras un chamán?

MOISÉS

Yo no hablaba con los espíritus ni nada de eso, pero... Estaba claro que podía hacer cosas que los demás no podían. Muchas veces ni me costaba.

HALCÓN

(*Carraspea incómodo.*)

Se manipula algún papel sobre la mesa.

CUERVO

Moisés, ¿cuánto tiempo estuviste dedicándote a eso, a esas...
consultas?

MOISÉS

Quince meses. Hasta hace un año, más o menos.

CUERVO

¿Qué pasó hace un año?

MOISÉS

Lo tienen ahí.

Unos folios se deslizan por la mesa.

CUERVO

Preferimos que nos lo cuentes tú.

MOISÉS

Una mujer vino a verme.

Evocación: nudillos aporrean una puerta.

Iba con dos hombres, pero ella era la que mandaba. Enseguida me di cuenta de que no eran como los otros.

HALCÓN

¿En qué sentido?

MOISÉS

Estaban limpios. Y se notaba que eran cultos. Con ellos podía hablar sin tener que... (*Deja la frase en el aire.*)

CUERVO

¿Rebajarte?

MOISÉS

(*Avergonzado.*) Supongo. Sí.

CUERVO

Sigue.

MOISÉS

Ella, la mujer, me contó que eran del Nuevo Gobierno de la Reconstrucción.

HALCÓN

¿Tú sabías algo de eso?

MOISÉS

Lo que ponía en los carteles. Y lo que se decía en la calle. Que algunos militares se habían organizado y por eso volvía a haber agua corriente y electricidad por las mañanas. Estuvimos hablando bastante rato. Me contó lo que de verdad había pasado en el 36.

CUERVO

El Cataclismo.

MOISÉS

Sí. Me dijo que murió entre el 30 y el 40 por ciento de la población. Y que ya no había mejorados, que todos se murieron ese día. Y me explicó las dos hipótesis.

GAVIOTA

¿Qué hipótesis?

MOISÉS

Que La Entidad lo había hecho por venganza, por usar mal sus dones, y que lo había hecho por... piedad. Para evitar una guerra de mejorados y nuestra... Bueno. Nuestra extinción.

GAVIOTA

Ajá.

HALCÓN

¿Qué querían de ti esas personas?

MOISÉS

Se habían enterado de lo que hacía. Sabían un montón de cosas de mí. La mujer me dijo que yo tenía un don y que lo estaba malgastando allí, con esa gente. Me dijo que ellos podían ayudarme a mejorar. A crecer, creo que dijo.

CUERVO

¿Cómo?

MOISÉS

Me contó que no era el único que podía hacer esas cosas. Si
los acompañaba, me llevarían a un sitio donde había más gente de mi edad. Gente como yo.

CUERVO

Y tú aceptaste.

MOISÉS

Sí. Claro.

GAVIOTA

Y te reuniste con esos chicos.

MOISÉS

Y chicas. Sí.

GAVIOTA

¿Es cierto que tienen los mismos… (se corrige.) las mismas
cualidades que tú?

MOISÉS

Sí. En ese momento, cuando llegué, casi todos eran mejores
que yo. Mucho mejores. Al principio me frustré un poco,
pero luego me di cuenta de lo que pasaba. Es porque ellos
entendían lo que hacían.

HALCÓN

Nos gustaría entenderlo a nosotros también, Moisés. ¿Qué haces exactamente?

MOISÉS

Calculo. Solo que lo hago muy deprisa. Muy muy deprisa. Antes, cuando estaba en casa, lo hacía sin darme cuenta. Ahora cada vez soy más consciente, por eso se me da mejor.

GAVIOTA

¿Y cómo explica eso lo que nos has contado del agua?

Evocación: agua corriendo por un arroyo.

MOISÉS

Bueno, ha pasado bastante tiempo, pero… Creo que los gérmenes provocaron una alteración en la espuma.

GAVIOTA

Pero eso lo habría visto cualquiera.

MOISÉS

No. Hablo de una alteración muy pequeña. Un incremento del 1 o del 2 por ciento en el número de burbujas.

CUERVO

Espera. ¿Dices que puedes notar una alteración del 1 por ciento en las burbujas de un río?

MOISÉS

Era un arroyo. Pero sí, también puedo hacerlo en un río.

Fin de la evocación.

CUERVO

Perdona, pero sigo sin entenderlo. ¿Quieres decir que... lo ves? ¿Eres capaz de ver esas cosas?

MOISÉS

No, no las veo. Es más parecido a... ¿Saben qué es la sinestesia? ¿Esa gente que percibe un color cuando escucha una nota musical? No se puede decir que lo vean, porque el color no está ahí, sus ojos no lo procesan, pero su cerebro sí. Es algo parecido a eso.

GAVIOTA

¿Y lo de la niña? El esqueleto, ¿cómo lo explicas?

MOISÉS

(*Orgulloso.*) Eso fue fácil. Ahora lo haría en un segundo.

Evocación: MOISÉS *tararea «la melodía» mientras camina. Pasos sobre huesos apilados.*

Les he dicho que tenía seis dedos en el pie izquierdo.

CUERVO

Sí.

MOISÉS

Su padre me lo dijo mientras íbamos al estadio. En ese momento no le di importancia. Me daba igual, solo estaba fingiendo para que me dejasen en paz, pero acabó siendo crucial. Lo que hice en el estadio fue… contar. Conté todos los huesos. Sin darme cuenta, procesé toda aquella información y noté esa anomalía.

Evocación: MOISÉS interrumpe abruptamente el tarareo. Los pasos se detienen.

Un pie con seis dedos.

HALCÓN

O sea, que lo viste.

MOISÉS

No. (*Duda.*) No exactamente.

HALCÓN

O lo viste o no lo viste.

MOISÉS

Lo vi igual que lo vería usted si le enseñase una fotografía de aquellos diez mil esqueletos. Usted me diría «No lo he visto», pero yo podría decirle: «Sí que lo ha visto porque está en la fotografía. Igual no lo ha mirado, pero ha tenido que verlo porque estaba ahí». La diferencia entre usted y yo es que mi cerebro… lo retiene.

Una breve pausa.

CUERVO

Y dices que no eres el único capaz de hacer eso.

MOISÉS

No. Somos varios.

GAVIOTA

¿Cuántos?

MOISÉS

En estos momentos, tres.

HALCÓN

¿En estos momentos?

MOISÉS

(*Afectado.*) Una compañera murió hace dos meses. Difteria.

Se manipulan unos papeles.

CUERVO

Has dicho que tus compañeros tienen tu edad.

MOISÉS

Sí.

CUERVO

¿Todos, los tres?

MOISÉS

Sí.

CUERVO

O sea que nacisteis en 2024. El año que empezó el STG.

MOISÉS

Sí.

Una pausa.

HALCÓN

Moisés, ¿cuál es vuestra función? ¿Qué hacéis exactamente para el Gobierno?

MOISÉS

Contar.

HALCÓN

¿Contar? ¿Y ya está?

MOISÉS

Bueno, contar implica muchas cosas. Buscamos repeticiones, incoherencias… Pautas y excepciones inesperadas en esas pautas.

HALCÓN

¿Dónde?

MOISÉS

En todas partes, donde sea.

GAVIOTA

Lo que nos estás diciendo… Lo que buscáis en realidad es… (*Deja la frase en el aire.*)

MOISÉS

Sí. Buscamos a La Entidad. Por ahora, no hay forma de analizar ADN ni de escribirlo, aunque ya se está intentando. Pero costará. Calculan que tardaremos unas cuatro décadas en volver al desarrollo que había en 2036. Mientras tanto… estamos nosotros.

HALCÓN

Esto es… (*Rompe a reír suavemente, descreído.*)

MOISÉS

(*Desconcertado.*) ¿Qué?

HALCÓN

(*Riendo todavía.*) Nada. Nada, Moisés, nada.

Una breve pausa.

GAVIOTA

Bueno…

Un informe se cierra.

Si esto es todo, creo que podemos dar por terminada la sesión.

MOISÉS

No. Hay más.

HALCÓN

(*Burlón.*) ¿Todavía más?

MOISÉS

Hace cinco semanas… pasó algo. Es lo que vengo a contarles.

CUERVO

(*Suspira.*) Adelante.

MOISÉS

No nos dejan salir solos. Si queremos dar un paseo o lo que sea, tenemos que pedir permiso antes. Solo podemos ir de uno en uno, y siempre con escolta. Dicen que es por nuestra seguridad, pero la verdad es que tienen miedo de que nos escapemos.

> *Evocación: ambiente de calle casi totalmente desierta. Ningún motor. El trino de algún pájaro en los árboles. Pasos de una persona cerca y de otras seis lejos, caminando todas en la misma dirección. MOISÉS tararea «la melodía».*

Hace cinco semanas, les dije que me apetecía visitar mi barrio. Llevaba un año sin ir. Era domingo, hacía muy bueno. Pasé por delante de mi casa y luego fui al colegio, donde iba de pequeño, antes del Cataclismo. Me apetecía verlo, no sé por qué.

Evocación: junto a lo anterior, a una cierta distancia, empieza a sonar un canon infinito tocado en un teclado electrónico. MOISÉS interrumpe el tarareo.

Al acercarme, oí música. Vi que había una niña en el patio.

Pasos. Nos vamos acercando a la fuente de la música.

Era pequeña, tendría unos siete años. Estaba sentada y tenía un teclado electrónico en las piernas. ¿Saben algo de música?

CUERVO

Yo fui al conservatorio.

MOISÉS

Entonces lo entenderá. La niña estaba tocando un canon infinito.

CUERVO

Un *perpetuus.*

GAVIOTA

¿Qué es eso?

CUERVO

Un tipo de canon que se repite en bucle.

MOISÉS

Es como un fractal. Una composición sin principio ni final. Algunos compositores los escribían en pentagramas circulares. Técnicamente podría tocarse para siempre. Era una pieza muy complicada, y ella la tocaba muy bien. Me quedé escuchándola y de pronto… me di cuenta de que había algo.

GAVIOTA

¿En la música?

MOISÉS

Sí. Me acerqué y le pregunté de dónde había sacado la partitura porque me gustaría leerla. Pero no había partitura. Se lo había inventado ella. Me contó que a veces le venía música a la cabeza mientras dormía. En sueños. No sabía solfeo, así que no podía transcribirla, pero la recordaba al despertarse. Se acordaba de cada una de las notas.

Evocación: la música se extingue.

HALCÓN

¿Qué había en esa música?

MOISÉS

Un patrón. Un código que ya había visto antes. Tres signos de un vocabulario de ocho mil ciento veintiocho, uno detrás de otro, repitiéndose una y otra vez.

CUERVO

¿Cuáles? ¿Qué signos?

MOISÉS

$G = \infty$.

GAVIOTA

La fórmula.

MOISÉS

Fue como lo del arroyo y el estadio, solo que mucho más intenso. Y de pronto lo entendía todo. Todo encajaba.

HALCÓN

(*Con un punto de ironía.*) Moisés, hay gente, quizá no tan lista como tú, pero sí muy inteligente, que lleva diez años analizando esa fórmula y no han dado con nada.

MOISÉS

Porque parten de un error. Buscan una respuesta, y no hay ninguna respuesta en la fórmula. Al contrario.

GAVIOTA

¿Qué quiere decir eso?

MOISÉS

Kurt Gödel. ¿Lo conocen?

GAVIOTA

No.

HALCÓN

(*Exasperado.*) No...

MOISÉS

Fue un matemático y filósofo cristiano. En sus últimos años intentó demostrar la existencia de Dios. No le fue muy bien, la verdad. Tuvo varias crisis psicóticas. Se volvió paranoico, dejó de comer y acabó muriendo de hambre en su casa. Pero, bueno, antes de eso, trabajó en lógica matemática y ahí le fue mejor. Planteó dos teoremas muy rupturistas, sobre todo el primero. Los teoremas de incompletitud. Se representan... con una G.

Una pausa.

HALCÓN

¿Qué dicen esos teoremas?

MOISÉS

Que cualquier teoría matemática formal que pueda explicar la aritmética, o sea, los números y las operaciones que hacemos con ellos, contiene enunciados indemostrables.

GAVIOTA

Es decir...

MOISÉS

Es decir, que la realidad escapa a los sistemas en los que se basa la... la ciencia entera. Que todo el conocimiento científico es una pura convención. Una mentira conveniente.

CUERVO

Y tú crees que la fórmula se refiere a eso.

MOISÉS

No es que lo crea. Estoy seguro. Gödel se volvió loco buscando el teorema de Dios sin saber que ya lo había desarrollado.

GAVIOTA

¿Y por qué G = ∞? ¿Por qué «igual a infinito»?

Evocación: empieza a sonar el canon infinito, ahora en una versión instrumental, grandilocuente.

MOISÉS

Porque la imposibilidad de alcanzar la verdad es un fenómeno recursivo e inevitable. Un *perpetuus*. Esa fórmula, G = ∞, es el misterio de Dios traducido al lenguaje matemático.

CUERVO

Según eso, ¿La Entidad es... Dios?

MOISÉS

Si quiere llamarlo así... Otros lo llamarán de otra manera. La ciencia y la religión son narrativas inventadas por el ser humano para entender lo que no puede entenderse. Son modelos. Simplificaciones que, con los siglos, se han convertido en corsés. Deberíamos librarnos de ellos.

HALCÓN

(*Asombrado, con un punto de ironía.*) ¿Librarnos de la ciencia y la religión?

MOISÉS

Cuanto antes, sí.

CUERVO

Pero, en 2029, La Entidad se identificó como Dios. Dijo setenta nombres de Dios.

Se manipula un papel.

Yahveh, Zeus, Shiva…

MOISÉS

Nombres tomados de leyendas antiguas. Una metáfora, igual que la fórmula. ¿No lo ven? ¡Eran dos metáforas! La Entidad nos dijo lo mismo en dos lenguajes distintos, el de la ciencia y el del mito.

GAVIOTA

Moisés, entendemos que lo que has vivido te haya generado un trauma, pero…

Una mano da un brusco golpetazo contra la mesa.

MOISÉS

(*Enérgico.*) ¡No estoy loco!

Desde ahora, el canon empieza a acelerarse, cada vez más rápido, como si respondiese a la creciente emoción de MOISÉS.

HALCÓN

Cálmate.

MOISÉS

(*Enérgico.*) ¡Piensen en cómo empezó todo! Con aquellos mensajes codificados en el ADN.

GAEL

(*Evocación, tomado del capítulo 4.*) Fuimos paso por paso por todos esos descubrimientos, cada uno nos llevó al siguiente, pero todo empezó por una pandemia sin sentido, por un virus incoherente que ni siquiera era un virus.

MOISÉS

Aquellos genes eran producto de las infecciones que sufrieron nuestros antepasados hace millones de años. Antes incluso de que fuésemos… humanos. ¡Teníamos esos genes antes de ser bípedos, antes de tener este cráneo o el pulgar oponible! ¿No lo entienden? ¡No vienen de fuera! ¡No son ajenos a nosotros! ¡Esos genes son nosotros!

SARA

(*Evocación, tomado del capítulo 1.*) Nos lanzamos al abismo sin tener ni idea de lo que nos estaba esperando dentro.

LUCCA

(*Evocación, tomado del capítulo 2.*) Hay cosas en la naturaleza a las que es mejor no asomarse.

CUERVO

Entonces ¿qué... significa todo?

MOISÉS

¡Exacto! ¡Esa es la pregunta, la única que importa! Llevamos milenios preguntándonos eso mismo. Hemos usado la filosofía, la mitología, la ciencia y la religión y no hemos avanzado nada.

GAVIOTA

No puedes decir eso. La ciencia sí nos ha hecho avanzar.

MOISÉS

No en las cuestiones que de verdad importan. La ciencia sirve para progresar, para mejorar nuestra vida, pero no para responder a las grandes cuestiones. Cuando intenta usarse así, se convierte en un juego intelectual, en un... en un pasatiempo.

XIANA

(*Evocación, tomado del capítulo 5.*) Los físicos sueñan con una teoría que pueda condensarlas todas, que las conecte entre sí. La teoría del todo.

MOISÉS

Descubrimos el átomo y las partículas subatómicas. Descubrimos las ondas gravitacionales, decodificamos el ADN, encontramos el bosón de Higgs, ¿y qué?

CUERVO

(*Desconcertado.*) ¿Y qué?

MOISÉS

Nada de eso nos ha acercado ni un milímetro a la única respuesta que importa. Usted lo ha dicho: «¿Qué significa todo?». Por mucho que avanzamos, seguimos en el mismo punto. Estamos atrapados en un bucle. El universo entero es un *perpetuus*.

ISMAEL

(*Evocación, tomado del capítulo 6.*) *Omnia exeunt in mysterium.* Todo termina en misterio.

MOISÉS

(*Calmado.*) Eso es lo que quiso decirnos La Entidad. No se trataba de un virus ni de genética. Era mucho más profundo. Y nosotros, ustedes, su generación lo redujo a cosas útiles y banales, como hacían con todo. Lo convirtieron en una parodia. ¡Dios regalándonos dones, como en las leyendas antiguas! Como cuando rezábamos para que lloviese o para que dejase de llover. No entendieron nada. El mensaje de La Entidad está grabado en toda la creación, en todas partes. Está en los fractales de las nubes, en las galaxias y en los copos de nieve. Está en la música y en nuestro ADN. Ojalá pudieran verlo como yo lo veo. ¿Quieren saber qué significa $G = \infty$? Bien. Significa que no hay ninguna respuesta y que nunca la habrá. Solo preguntas...

Evocación: el canon se interrumpe abruptamente.

... resonando en el vacío.